DRESSLER *Klassiker*

Hugh Lofting

Doktor Dolittle
und seine Tiere

Aus dem Englischen von Gisbert Haefs

Mit den Originalillustrationen des Autors

Nachwort von Kurt Tucholsky

Dressler Verlag · Hamburg

Die Verwendung von Bezeichnungen, Formulierungen oder illustrativen oder narrativen Elementen, die heute nicht mehr als angemessen empfunden werden könnten, in Romanen, die zu den Klassikern der Kinderliteratur zählen, ist allein der Originaltreue geschuldet. Romane sind immer auch Zeugen ihrer Zeit. Eine Herabsetzung ist von Verlagsseite in keiner Weise beabsichtigt.

Neuausgabe

Die Originalausgabe erschien erstmals 1920
unter dem Titel *The Story of Doctor Dolittle*
Die deutsche Ausgabe erschien erstmals 1926
bei Williams & Co., Berlin
Aus dem Englischen von Gisbert Haefs
Nachwort von Kurt Tucholsky
Illustrationen: Hugh Lofting
Einbandgestaltung: Frauke Schneider
Druck und Bindung: GGP Media GmbH, Pößneck
Printed 2018
ISBN 978-3-7915-0091-1

www.dressler-verlag.de

Allen Kindern,
Kindern den Jahren
und Kindern dem Herzen nach,
widme ich dieses Buch

Inhalt

1. Kapitel

Puddleby

Vor vielen Jahren, als unsere Großväter kleine Kinder waren, lebte einmal ein Arzt, der hieß Dolittle – Dr. med. John Dolittle. »Dr. med.« bedeutet, dass er ein richtiger Doktor war und eine Menge wusste.

Er lebte in einer kleinen Stadt namens Puddleby auf der Marsch. Vom Sehen kannten ihn alle Leute gut, junge und alte. Und wenn er mit seinem Zylinder die Straße entlangging, sagte jeder: »Da geht der Herr Doktor! Das ist ein kluger Mann.« Und alle Kinder und Hunde kamen angerannt und liefen ihm nach; und es krächzten und nickten sogar die Krähen, die im Kirchturm hausten.

Das Haus am Stadtrand, in dem er wohnte, war sehr klein; aber der Garten war sehr groß, mit einem weiten Rasen und Steinbänken, über die sich Trauerweiden beugten. Seine Schwester, Sarah Dolittle, führte ihm den Haushalt, doch um den Garten kümmerte er sich selbst.

Er mochte Tiere sehr gern und hatte viele verschiedene Haustiere. Außer den Goldfischen im Teich ganz hinten im Garten hatte er Kaninchen in der Speisekammer, weiße Mäuse im Klavier, ein Eichhörnchen im Wäscheschrank

und einen Igel im Keller. Er hatte auch eine Kuh mit einem Kalb und ein fünfundzwanzig Jahre altes lahmes Pferd – und Hühner und Tauben und zwei Lämmer und viele andere Tiere. Aber seine Lieblinge waren Dab-Dab die Ente, Jip der Hund, Göb-Göb das Schwein, Polynesia der Papagei und die Eule Tuh-Tuh.

Seine Schwester murrte oft wegen all der Tiere und sagte, sie brächten ihr das Haus in Unordnung. Und als eines Tages eine alte Dame mit Rheuma zum Doktor kam, setzte sie sich auf den Igel, der auf dem Sofa schlief, und dann kam sie nie wieder, sondern fuhr jeden Samstag den ganzen Weg nach Oxenthorpe, das zehn Meilen entfernt lag, um dort einen anderen Arzt aufzusuchen.

Da kam seine Schwester Sarah Dolittle zu ihm und sagte: »John, wie kannst du erwarten, dass kranke Menschen zu dir kommen, wenn du all die Tiere im Haus hast!

Ein schöner Arzt, bei dem das Wartezimmer von Igeln und Mäusen wimmelt! Die Tiere haben jetzt schon vier Leute vertrieben. Gutsherr Jenkins und der Pfarrer sagen, dass sie nie wieder in die Nähe deines Hauses kommen wollen, egal, wie krank sie sind. Wir werden von Tag zu Tag ärmer. Wenn du so weitermachst, mag dich von den feinen Leuten keiner mehr als Arzt haben.«

»Die Tiere sind mir sowieso viel lieber als ›feine Leute‹«, sagte der Doktor.

»Das ist doch lächerlich«, sagte seine Schwester und ging aus dem Zimmer.

Mit der Zeit schaffte sich der Doktor immer mehr Tiere an und immer weniger Leute kamen zu ihm. Schließlich blieb keiner mehr übrig – außer dem Katzenfutter-Mann, den keine Art von Tieren störte. Aber der Katzenfutter-Mann war nicht sehr reich und wurde nur einmal im Jahr krank – zu Weihnachten –, und dann gab er dem Doktor ein paar Pennys für eine Flasche Medizin.

Von ein paar Pennys im Jahr kann man nicht leben – nicht einmal damals, lang ist's her; und wenn Doktor Dolittle nicht etwas Geld in der Sparbüchse aufgehoben hätte, wer weiß, was dann geschehen wäre.

Und dabei liefen ihm immer neue Tiere zu; und es kostete natürlich eine Menge, sie zu füttern. Und das Geld, das er gespart hatte, wurde immer weniger.

Dann verkaufte er das Klavier und ließ die Mäuse in einer Schreibtischschublade wohnen. Aber das Geld, das er dafür bekommen hatte, wurde auch weniger, deshalb verkaufte er seinen braunen Sonntagsanzug, und er wurde immer ärmer.

Wenn er jetzt mit seinem Zylinder die Straße entlangging, sagten die Leute: »Da geht John Dolittle, Dr. med.! Früher war er mal der bekannteste Arzt weit und breit. Und seht ihn euch heute an, er hat kein Geld mehr, und seine Strümpfe sind voller Löcher!«

Aber die Hunde und die Katzen und die Kinder kamen immer noch angerannt und folgten ihm durch die Stadt – genauso wie vorher, als er reich war.

2. Kapitel

Die Sprache der Tiere

Eines Tages saß Doktor Dolittle in der Küche und redete mit dem Katzenfutter-Mann, der ihn wegen seiner Magenschmerzen aufgesucht hatte.

»Warum geben Sie's nicht auf, Menschendoktor zu sein, und werden lieber Tierdoktor?«, fragte der Katzenfutter-Mann.

Polynesia saß am Fenster, sah in den Regen hinaus und sang ein Seemannslied vor sich hin. Sie hörte auf zu singen und begann zuzuhören.

»Sehen Sie, Doktor«, fuhr der Katzenfutter-Mann fort, »Sie wissen alles über Tiere – viel mehr als die Tierärzte hier. Das Buch, das Sie geschrieben haben – über Katzen, also, das ist einfach wunderbar! Ich kann ja nicht lesen und schreiben – sonst würde ich vielleicht ein paar Bücher schreiben. Aber meine Frau Theodosia, die ist richtig gebildet, und die hat mir Ihr Buch vorgelesen. Wirklich, es ist wunderbar – kann man nicht anders sagen: wunderbar, Sie könnten selbst Katze gewesen sein. Sie wissen, wie die denken. Sie könnten eine Menge Geld verdienen, wenn Sie Tiere behandeln. Ich würde Ihnen alle alten Frauen schicken, die kranke Katzen oder Hunde haben. Und wenn sie nicht schnell genug krank werden, tu ich ihnen was ins Futter, das ich verkaufe, um sie krank zu machen.«

»O nein«, sagte der Doktor schnell. »Das dürfen Sie nicht. Das wäre nicht recht.«

»Och, ich mein ja nicht schlimm krank«, antwortete der Katzenfutter-Mann. »Ich hab nur an was gedacht, wovon sie ein bisschen duselig werden. Aber Sie haben recht, vielleicht wär das den Tieren gegenüber nicht nett. Aber krank werden die sowieso, die alten Frauen geben denen doch immer viel zu viel zu fressen. Und wissen Sie, alle Bauern aus der Gegend, die lahme Pferde und schlappe Lämmer haben – die würden kommen. Sie müssen Tierdoktor werden.«

Als der Katzenfutter-Mann gegangen war, flog der Papagei vom Fenster zu Doktor Dolittles Tisch und sagte: »Das ist ein vernünftiger Mann. Du solltest das wirklich machen. Tierarzt werden. Lass doch die dummen Leute – wenn sie nicht genug Verstand haben, um zu sehen, dass du der beste Doktor der Welt bist. Kümmer dich stattdessen um Tiere – die kriegen das bald heraus. Werde Tierarzt.«

»Ach, es gibt viele Tierärzte«, sagte John Dolittle; er stellte die Blumentöpfe aufs äußere Fensterbrett, damit sie etwas Regen abkriegten.

»Ja, es gibt viele«, sagte Polynesia. »Aber die taugen alle nichts. Jetzt hör mir mal gut zu, Doktor. Hast du gewusst, dass Tiere reden können?«

»Ich wusste, dass Papageien reden können«, sagte der Doktor.

»O ja, wir Papageien sprechen zwei Sprachen – Menschensprache und Vogelsprache«, sagte Polynesia stolz. »Wenn ich sage: ›Polly möchte einen Zwieback haben‹, verstehst du mich. Aber hör dir das mal an: Ke-ke-oi-i, fi-fi?«

»Liebe Güte!«, rief der Doktor. »Was bedeutet das?«

»Das heißt in der Vogelsprache: ›Ist der Brei schon heiß?‹«

»Was du nicht sagst!«, sagte der Doktor. »So hast du noch nie mit mir geredet.«

»Wozu wäre das denn auch gut gewesen?«, sagte Polynesia; sie strich sich ein paar Zwiebackkrümel vom linken Flügel. »Du hättest mich doch nicht verstanden.«

»Erzähl mir mehr davon«, sagte der Doktor ganz aufgeregt; er lief zum Küchenschrank und kam mit dem Haushaltsbuch und einem Bleistift zurück. »Aber nicht zu schnell – ich will es aufschreiben. Das ist interessant – sehr interessant –, etwas ganz Neues. Sag mir zuerst das Vogel-Abc – aber langsam, bitte.«

Auf diese Weise lernte der Doktor, dass die Vögel ihre eigene Sprache haben und miteinander reden können. Und den ganzen Nachmittag, während es draußen regnete, saß Polynesia auf dem Küchentisch und sagte ihm Vogelwörter, die er ins Buch schreiben konnte.

Als zur Teezeit Jip der Hund hereinkam, sagte der Papagei zum Doktor: »Sieh mal, er redet mit dir.«

»Sieht so aus, als ob er sich hinter dem Ohr kratzt«, sagte der Doktor.

»Tiere reden doch nicht immer mit dem Mund«, sagte der Papagei mit spitzer Stimme und hob die Augenbrauen. »Sie reden mit den Ohren, mit den Füßen, mit dem Schwanz – mit allem. Manchmal wollen sie keine Geräusche machen. Siehst du, wie er jetzt mit einer Seite der Nase nach oben zuckt?«

»Was bedeutet das?«, fragte der Doktor.

»Das bedeutet: ›Siehst du nicht, dass es aufgehört hat zu regnen?‹«, antwortete Polynesia. »Er fragt dich etwas. Hunde benutzen zum Fragen fast immer die Nase.«

Nach und nach lernte der Doktor mithilfe des Papageis die Sprache der Tiere so gut, dass er selbst mit ihnen reden und alles verstehen konnte, was sie sagten. Da gab er es ganz auf, Menschenarzt zu sein.

Sobald der Katzenfutter-Mann allen erzählt hatte, dass John Dolittle Tierarzt werden wollte, fingen die alten Damen an, ihm ihre Möpse und Pudel zu bringen, die zu viel Kuchen gegessen hatten; und die Bauern kamen viele Meilen weit her, um ihm ihre kranken Kühe und Schafe zu zeigen.

Eines Tages wurde ihm ein Ackergaul gebracht; das arme Tier war schrecklich froh, einen Menschen zu finden, der die Pferdesprache konnte.

»Wissen Sie, Herr Doktor«, sagte das Pferd, »der Tierarzt hinter dem Hügel hat überhaupt keine Ahnung. Der behandelt mich jetzt schon seit sechs Wochen – gegen

Lahmen. Dabei brauche ich eine Brille. Ich werde nämlich auf einem Auge blind. Warum sollten Pferde nicht genau wie Menschen Brillen tragen? Aber dieser dumme Mann hinterm Hügel hat sich meine Augen überhaupt nicht angesehen. Er hat mir dauernd große Pillen gegeben. Ich hab versucht, es ihm zu sagen, aber er versteht kein einziges Wort Pferdesprache. Das, was ich brauche, ist eine Brille.«

»Natürlich – natürlich«, sagte der Doktor. »Ich besorge dir sofort eine.«

»Ich möchte so eine haben wie Sie«, sagte das Pferd, »bloß in Grün. Die schützt mir die Augen vor der Sonne, wenn ich den Fünfzig-Morgen-Acker pflüge.«

»Aber sicher«, sagte der Doktor. »Du kriegst eine grüne.«

»Wissen Sie, Herr Doktor«, sagte der Ackergaul, als der Doktor ihm die Vordertür öffnete, um ihn hinauszulassen, »das Problem ist, dass jeder meint, er könnte Tiere behandeln – bloß weil die Tiere sich nicht beklagen. Dabei muss man, um ein richtig guter Tierdoktor zu werden, viel klüger sein als ein guter Menschendoktor. Der Sohn von meinem Bauern bildet sich ein, er weiß alles über Pferde. Ich wollte, Sie könnten ihn sehen – sein Gesicht ist so fett, dass er aussieht, als ob er keine Augen hätte, und er hat so viel Verstand wie ein Kartoffelkäfer. Vorige Woche hat er mir ein Senfpflaster aufpappen wollen.«

»Wo hat er es denn hingetan?«, fragte der Doktor.

»Ach, nirgends – jedenfalls nicht bei mir«, sagte das

Pferd. »Er hat’s nur versucht. Ich hab ihn in den Ententeich geschubst.«

»Na, na!«, sagte der Doktor.

»Eigentlich bin ich ganz friedlich«, sagte das Pferd, »ich hab viel Geduld mit Menschen – ich mach nicht viel Wind. Aber es war schlimm genug, dass mir der Tierarzt die falsche Medizin gegeben hat. Und als dann noch dieser rotbäckige Trottel an mir rumgedoktert hat, da konnte ich einfach nicht mehr.«

»Hast du den Jungen sehr verletzt?«, fragte der Doktor.

»Ach was«, sagte das Pferd, »ich hab ihn genau richtig getroffen. Der Tierarzt kümmert sich grad um ihn. Wann ist meine Brille fertig?«

»Nächste Woche«, sagte der Doktor. »Komm Dienstag wieder. Schönen Tag noch!«

Dann besorgte John Dolittle eine feine große grüne Brille; und der Ackergaul wurde nicht blind auf dem einen Auge, sondern konnte so gut sehen wie früher.

Bald gewöhnte man sich daran, bei den Bauern rund um Puddleby Tiere mit Brillen zu sehen; und blinde Pferde kamen überhaupt nicht mehr vor.

Ebenso ging es mit allen anderen Tieren, die man ihm brachte. Sobald sie herausgefunden hatten, dass er ihre Sprache beherrschte, erzählten sie ihm, wo sie Schmerzen hatten und wie sie sich fühlten, und natürlich war es für ihn dann leicht, sie zu heilen.

Nun gingen all diese Tiere heim und erzählten ihren Geschwistern und Freunden, dass in dem kleinen Haus mit dem großen Garten ein Doktor wohnte, der wirklich ein Doktor war. Und wenn irgendein Tier krank wurde – nicht nur Pferde und Kühe und Hunde, sondern all die kleinen Tiere auf den Feldern, Feldmäuse und Wassermäuse, Dachse und Fledermäuse –, dann kam es sofort zu seinem Haus am Stadtrand, sodass sein großer Garten fast immer voll von Tieren war, die zu ihm wollten, um ihn um Rat zu fragen.

So viele kamen, dass er eigene Türen für die verschiedenen Arten machen musste. Über die Vordertür schrieb er *Pferde*, über die Seitentür *Kühe* und über die Küchentür *Schafe*. Für jede Tierart gab es eine besondere Tür – sogar für die Mäuse wurde ein kleiner Tunnel in den Keller gegraben, wo sie geduldig in langen Reihen warteten, bis der Doktor Zeit für sie fand.

Innerhalb weniger Jahre hatte auf viele Meilen im Umkreis jedes Lebewesen von Dr. med. John Dolittle gehört. Und die Vögel, die im Winter in andere Länder fliegen,

erzählten den Tieren dort von dem wunderbaren Doktor in Puddleby auf der Marsch, der ihre Sprache verstand und ihnen wirklich helfen konnte. So wurde er bei den Tieren in der ganzen Welt berühmt, noch berühmter sogar, als er je bei den Leuten der Gegend gewesen war. Und er war sehr glücklich mit seinem Leben.

Eines Nachmittags, als der Doktor gerade etwas in ein Buch schrieb, saß Polynesia am Fenster – wie sie es fast immer tat – und sah den Blättern zu, die im Garten herumgeweht wurden. Plötzlich lachte sie laut.

»Was hast du, Polynesia?«, fragte der Doktor und sah von seinem Buch auf.

»Ich hab nur nachgedacht«, sagte der Papagei und sah weiter den Blättern nach.

»Worüber hast du denn nachgedacht?«

»Über die Menschen«, sagte Polynesia. »Die Menschen machen mich ganz krank. Sie halten sich für etwas ganz Großartiges. Die Welt geht nun schon Tausende von Jahren ihren Gang, und von der Tiersprache haben die Menschen allenfalls gelernt, dass ein Hund, der mit dem Schwanz wedelt, sagen will: ›Ich bin froh!‹ – Ist doch komisch, oder? Du bist der allererste Mensch, der reden kann wie wir. Manchmal machen die Menschen mich wirklich wütend – wie sie sich aufplustern, wenn sie von den ›stummen Tieren‹ reden. Stumm, von wegen! Ich hab mal einen Ara gekannt, der konnte auf sieben verschiedene Arten ›Guten Morgen‹ sagen, ohne einmal den Mund aufzumachen. Er beherrschte alle Sprachen – sogar Griechisch. Ein alter Professor mit grauem Bart hat ihn gekauft. Aber bei dem ist er nicht geblieben. Er hat gesagt, der alte Mann spräche Griechisch nicht richtig, und er konnte es einfach nicht ertragen, zuzuhören, wie der die Sprache falsch unterrichtete. Ich hab mich oft gefragt, was wohl aus ihm geworden ist. Dieser Vogel wusste von Geografie mehr, als Menschen je lernen werden. – Menschen, baah! Ich glaube, wenn die Menschen je fliegen lernen – wie jeder gewöhnliche Heckenspatz –, werden sie ewig damit angeben.«

»Du bist ein kluger alter Vogel«, sagte der Doktor. »Wie alt bist du eigentlich wirklich? Ich weiß, dass Papageien und Elefanten manchmal sehr alt werden.«

»Ich weiß nicht, wie alt ich genau bin«, sagte Polynesia.

»Entweder hundertdreiundachtzig oder hundertzweiundachtzig. Aber ich erinnere mich, als ich aus Afrika hergekommen bin, hat sich King Charles noch in der Eiche versteckt – ich hab ihn da nämlich gesehen. Er sah zu Tode erschrocken aus.«

3. Kapitel

Neue Geldsorgen

Also verdiente der Doktor bald wieder Geld und seine Schwester Sarah kaufte sich ein neues Kleid und war glücklich. Ein paar von den Tieren, die zu ihm kamen, waren so krank, dass sie eine Woche lang im Haus des Doktors bleiben mussten. Und wenn es ihnen wieder besser ging, lagen sie immer in Liegestühlen auf dem Rasen.

Selbst wenn sie wieder gesund waren, wollten sie oft gar nicht fortgehen, so sehr mochten sie den Doktor und sein Haus. Und er brachte es nie übers Herz, sie abzuweisen, wenn sie fragten, ob sie nicht bei ihm bleiben könnten. Auf diese Weise bekam er mehr und mehr Haustiere.

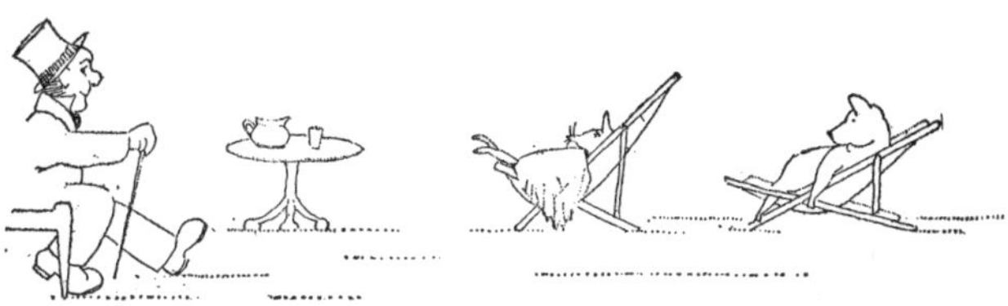

Als er einmal am Abend auf der Gartenmauer saß und seine Pfeife rauchte, kam ein italienischer Leierkastenmann vorbei, mit einem Affen am Strick. Der Doktor sah sofort, dass der Affe ein zu enges Halsband hatte und schmutzig und unglücklich war. Deshalb nahm er dem Italiener den Affen weg, gab dem Mann einen Shilling und sagte, er solle gehen. Der Leierkastenmann wurde schrecklich ärgerlich und wollte den Affen behalten. Aber der Doktor sagte, wenn er nicht ginge, würde er ihm eins auf die Nase geben. John Dolittle war ein starker Mann, wenn auch nicht sehr groß. Also zog der Italiener schimpfend ab und der Affe blieb bei Doktor Dolittle und bekam ein gutes Zuhause. Die anderen Tiere im Haus nannten ihn *Tschi-Tschi* – was in der Affensprache ein ganz gewöhnliches Wort ist und *Ingwer* bedeutet.

Und ein anderes Mal, als ein Zirkus nach Puddleby kam, verdrückte sich dort nachts das Krokodil, das schlimme Zahnschmerzen hatte, und kam in den Garten des Doktors. Der Doktor unterhielt sich mit ihm in der Krokodilsprache und holte es ins Haus und behandelte die Zahnschmerzen. Aber als das Krokodil sah, was für ein schönes Haus das war – mit all den verschiedenen Ecken für die verschiedenen Tierarten –, da wollte es auch bei dem Doktor wohnen. Es fragte, ob es nicht hinten im Garten im Fischteich wohnen könnte, wenn es versprach, die Fische nicht zu essen. Als die Zirkusleute kamen und es zurückholen wollten, wurde es so wild und rasend, dass es sie alle verscheuchte. Zu allen im Haus war es jedoch immer sanft wie ein Kätzchen.

Aber wegen des Krokodils hatten jetzt die alten Damen Angst davor, ihre Schoßhündchen zu Doktor Dolittle zu schicken; und die Bauern wollten nicht glauben, dass es die Lämmer und kranken Kälber, die sie zur Behandlung brachten, nicht fressen würde. Da ging der Doktor zum Krokodil und sagte ihm, es müsse zurück in den Zirkus gehen. Aber es weinte so große Tränen und bat so sehr, bleiben zu dürfen, dass der Doktor es nicht übers Herz brachte, es hinauszuwerfen.

Dann kam die Schwester des Doktors zu ihm und sagte: »John, du musst diese Kreatur wegschicken. Die Bauern und die alten Damen haben Angst davor, ihre Tiere zu dir zu bringen, gerade jetzt, wo es uns wieder ein bisschen besser geht. Das wird uns bald völlig ruinieren. Damit ist das Maß voll. Ich will nicht länger deine Haushälterin sein, wenn du nicht diesen Alligator wegschickst.«

»Das ist kein Alligator«, sagte der Doktor, »das ist ein Krokodil.«

»Es ist mir egal, wie du es nennst«, sagte die Schwester. »Es ist scheußlich, so was unter dem Bett zu finden. Ich will es jedenfalls nicht im Haus haben.«

»Aber es hat mir versprochen«, sagte der Doktor, »niemanden zu beißen. Es mag den Zirkus nicht, und ich habe nicht genug Geld, um es wieder nach Afrika zu schicken, wo es herkommt. Es kümmert sich nur um seine eigenen

Angelegenheiten und benimmt sich insgesamt sehr gut. Reg dich nicht so auf.«

»Ich sage dir, ich will es hier nicht haben«, sagte Sarah. »Es frisst das Linoleum. Wenn du es nicht jetzt gleich wegschickst, dann – geh ich weg und heirate.«

»Na gut«, sagte der Doktor, »dann geh und heirate eben. Da kann man nichts machen.« Und er nahm seinen Hut vom Haken und ging in den Garten hinaus.

Also packte Sarah Dolittle ihre Sachen und ging; und Doktor Dolittle blieb mit seiner Tierfamilie ganz allein zurück.

Und schon bald war er ärmer als je zuvor. Mit all den Mäulern, die zu stopfen waren, und dem Haus, das unterhalten werden musste, und keinem, der die Sachen flickte, und ohne Geld, um die Metzgerrechnung zu bezahlen, sahen die Dinge allmählich sehr schwierig aus. Aber der Doktor machte sich überhaupt keine Sorgen.

»Geld ist lästig«, sagte er immer wieder. »Es würde uns allen viel besser gehen, wenn man es nie erfunden hätte. Was schert uns Geld, solange wir glücklich sind!«

Aber bald begannen sogar die Tiere, sich zu sorgen. Und eines Abends, als der Doktor in seinem Stuhl vor dem Küchenfeuer eingeschlafen war, fingen sie an, sich flüsternd zu besprechen. Die Eule Tuh-Tuh, die gut in Mathematik war, rechnete aus, dass nur noch für eine

Woche Geld da war – wenn jeder am Tag nur noch einmal aß und nicht mehr.

Da sagte der Papagei: »Ich finde, wir sollten die Hausarbeit selbst erledigen. Wenigstens das könnten wir tun. Schließlich ist der alte Herr doch wegen uns so allein und arm.«

So einigten sie sich darauf, dass der Affe Tschi-Tschi kochen und flicken sollte; der Hund würde den Boden fegen, die Ente Staub wischen und die Betten machen, die Eule Tuh-Tuh die Buchführung übernehmen und das Schwein für den Garten sorgen. Polynesia ernannten sie zur Haushälterin und Wäscherin, weil sie die Älteste war.

Natürlich fanden sie zuerst ihre neuen Arbeiten sehr schwer – alle außer Tschi-Tschi, der ja Hände hatte und Dinge erledigen konnte wie ein Mensch. Aber bald gewöhnten sie sich daran, und es machte ihnen großen Spaß, zuzusehen, wie der Hund Jip mit dem Schwanz, an den ein Lappen gebunden war, über den Boden fuhr und ihn als Besen benutzte. Bald wurden sie so gut mit ihrer Arbeit fertig, dass der Doktor sagte, sein Haus sei noch nie so sauber und ordentlich gehalten worden.

Einige Zeit ging alles gut, aber ganz ohne Geld zu leben, fiel ihnen doch sehr schwer.

Da richteten die Tiere einen Gemüse- und Blumenstand vor dem Gartentor ein und verkauften Radieschen und Rosen an Leute, die die Straße entlangkamen.

Trotzdem verdienten sie nicht genug Geld, um alle Rechnungen bezahlen zu können – und noch immer wollte sich der Doktor keine Sorgen machen. Als der Papagei zu ihm kam und erzählte, der Fischhändler wolle keinen Fisch mehr liefern, sagte er: »Das macht nichts. Solange die Hühner Eier legen und die Kühe Milch geben, können wir Eierkuchen und Quark essen. Und im Garten ist eine Menge Gemüse. Bis zum Winter dauert es noch lange. Regt euch nicht auf. Das war das Schlimme an Sarah – sie hat sich immer aufgeregt. Ich frage mich, wie es Sarah wohl geht – eine hervorragende Frau, in mancher Hinsicht – ja, ja.«

Aber in dem Jahr kam der Schnee früher als gewöhnlich; und wenn das alte lahme Pferd auch eine Menge Holz aus dem Wald vor der Stadt herbeischleppte, damit sie in der Küche ein großes Feuer machen konnten – das meiste Gemüse im Garten war aufgegessen und das übrige von Schnee bedeckt; und viele der Tiere hatten wirklich Hunger.

4. Kapitel

Eine Botschaft aus Afrika

Der Winter war sehr kalt, und in einer Dezembernacht, als sie alle in der Küche um das warme Feuer saßen und der Doktor ihnen aus Büchern vorlas, die er selbst in der Tiersprache geschrieben hatte, sagte die Eule Tuh-Tuh plötzlich: »Scht! Was ist das für ein Lärm da draußen?«

Sie lauschten alle, und bald hörten sie, wie jemand angerannt kam. Dann flog die Tür auf und der Affe Tschi-Tschi kam ganz außer Atem hereingestürzt.

»Doktor!«, schrie er. »Ich hab eben eine Botschaft von einem meiner Vettern aus Afrika bekommen. Bei den Affen dort ist eine furchtbare Krankheit ausgebrochen. Alle kriegen sie – und sie sterben zu Hunderten. Sie haben von Ihnen gehört und bitten Sie, nach Afrika zu kommen, um die Krankheit zu bekämpfen.«

»Wer hat die Botschaft gebracht?«, fragte der Doktor; er nahm die Brille ab und legte das Buch beiseite.

»Eine Schwalbe«, sagte Tschi-Tschi. »Sie sitzt draußen auf der Regentonne.«

»Bring sie herein ans Feuer«, sagte der Doktor. »Sie

muss ja halb tot sein vor Kälte. Die Schwalben sind doch schon vor sechs Wochen nach Süden geflogen!«

Die Schwalbe wurde hereingebracht; sie war ganz zusammengekrümmt und zitterte, und obwohl sie zuerst ein wenig Angst hatte, taute sie doch bald auf, setzte sich auf die Kante des Kaminsimses und begann zu erzählen.

Als sie fertig war, sagte der Doktor: »Ich würde sehr gern nach Afrika fahren – vor allem bei diesem bitterkalten Wetter. Aber ich fürchte, wir haben nicht genug Geld, um Schiffskarten zu kaufen. Gib mir mal die Sparbüchse, Tschi-Tschi.«

Der Affe kletterte hinauf und holte sie aus dem obersten Fach des Küchenschranks.

Es war nichts drin – kein einziger Penny!

»Und ich war sicher, dass noch zwei drin wären«, sagte der Doktor.

»Die waren auch drin«, sagte die Eule. »Aber die haben

Sie für eine Klapper ausgegeben, als das Dachsbaby Zähne gekriegt hat.«

»Wirklich?«, sagte der Doktor. »Ach du liebe Zeit. Was einem das Geld doch immer für einen Ärger macht! Na ja, egal. Vielleicht kann ich mir, wenn ich an den Strand gehe, ein Schiff borgen, das uns nach Afrika bringt. Ich hab einmal einen Matrosen gekannt, der sein kleines Kind mit Masern zu mir gebracht hat. Vielleicht leiht er uns sein Boot – das Kind ist damals gesund geworden.«

Also ging der Doktor früh am nächsten Morgen zum Strand hinunter. Und als er zurückkam, sagte er den Tieren, alles sei in Ordnung, der Seemann würde ihnen das Schiff leihen.

Da waren das Krokodil und der Affe und der Papagei sehr froh und fingen an zu singen, weil sie zurück nach Afrika reisen würden, in ihre richtige Heimat. Und der Doktor sagte: »Ich kann nur euch drei mitnehmen – und Jip den Hund, Dab-Dab die Ente, Göb-Göb das Schwein und die Eule Tuh-Tuh. Die anderen Tiere – wie die Haselmäuse und die Wasserratten und die Fledermäuse – müssen zurück auf die Felder, wo sie geboren wurden, und dort leben, bis wir wieder nach Hause kommen. Aber da die meisten den Winter über schlafen, wird es ihnen nicht viel ausmachen – und außerdem wär's nicht gut für sie, nach Afrika zu fahren.«

So begann denn Polynesia, die früher lange Seereisen gemacht hatte, dem Doktor all die Dinge aufzuzählen, die er mit auf das Schiff nehmen müsste.

»Vor allem reichlich Schiffszwieback«, sagte sie. »*Hartbrot* nennt man das. Und Rindfleisch in Dosen – und einen Anker.«

»Ich nehme an, das Schiff hat schon einen«, sagte der Doktor.

»Sieh auf jeden Fall nach«, sagte Polynesia. »Das ist nämlich sehr wichtig. Du kannst nicht anhalten, wenn du keinen Anker hast. Und eine Glocke brauchst du auch.«

»Wozu denn das?«, fragte der Doktor.

»Um die Zeit zu messen«, sagte der Papagei. »Du läutest sie jede halbe Stunde, dann weißt du, wie spät es ist. Und besorg dir ein ganz langes Tau – das kann man auf Seereisen immer brauchen.«

Dann begannen sie, sich zu fragen, woher sie das Geld nehmen sollten, um all die benötigten Sachen zu kaufen.

»Ach verflixt! Wieder das Geld«, rief der Doktor. »Liebe Güte! Werd ich froh sein, nach Afrika zu kommen, wo wir das nicht brauchen! Ich geh und frag den Kaufmann, ob er auf sein Geld wartet, bis ich wieder hier bin. – Nein, ich schick den Seemann, der soll ihn fragen.«

Also ging der Matrose zum Kaufmann, und bald kam er mit allen Dingen zurück, die sie haben wollten.

Dann packten die Tiere; und nachdem sie das Wasser abgestellt hatten, damit die Leitungen nicht einfroren, und die Fensterläden vorgelegt hatten, schlossen sie das Haus ab und gaben den Schlüssel dem alten Pferd, das im Stall wohnte. Und als sie sicher waren, dass in der Scheune genug Heu war, um das Pferd durch den Winter zu bringen, trugen sie ihr ganzes Gepäck an den Strand hinunter und stiegen ins Boot.

Der Katzenfutter-Mann war da, um ihnen Auf Wiedersehen zu sagen; er hatte eine große Schmalzpastete als Geschenk für den Doktor mitgebracht. Er sagte, er habe nämlich gehört, dass man im Ausland keine Schmalzpastete kriegen könne.

Sobald sie auf dem Schiff waren, fragte Göb-Göb das Schwein, wo denn die Betten seien, denn es war vier Uhr nachmittags, und es wollte sein Nickerchen halten. Polynesia führte es nach unten ins Innere des Schiffs und zeigte ihm die Betten, die alle übereinander standen wie Bücherbretter an der Wand.

»Was, das ist doch kein Bett!«, rief Göb-Göb. »Das ist ein Regal.«

»Auf einem Schiff sind die Betten immer so«, sagte der Papagei. »Das ist kein Regal. Kletter nur hinauf und schlaf. Man nennt das eine *Koje*.«

»Ich glaube, ich will noch gar nicht ins Bett«, sagte Göb-Göb. »Ich bin viel zu aufgeregt. Ich will wieder nach oben und zusehen, wie wir abfahren.«

»Na ja, ist deine erste Seereise«, sagte Polynesia. »Mit der Zeit wirst du dich schon an dieses Leben gewöhnen.« Sie ging die Schiffstreppe wieder hinauf und summte dabei dieses Lied vor sich hin:

»Ich kenn das Schwarze Meer und das Rote,
ich kenn den weißen Pol,
auch, wo der Gelbe Fluss ist
und der Oranje, weiß ich wohl;
ein brauner Berg liegt hinter mir
und Grönland schräg voraus,
ich hab die ganzen Farben satt,
ich fahr zurück nach Haus.«

Sie wollten gerade abfahren, als der Doktor sagte, er müsste noch mal an Land und den Seemann fragen, wie man nach Afrika kommt.

Aber die Schwalbe sagte, sie sei schon oft dort gewesen und würde ihnen den Weg zeigen.

Da befahl der Doktor Tschi-Tschi, den Anker zu lichten, und die Reise begann.

5. Kapitel

Die große Fahrt

Nun segelten sie schon sechs volle Wochen immer weiter über das wogende Meer und folgten der Schwalbe, die vor dem Schiff herflog, um ihnen den Weg zu zeigen. Nachts trug sie eine winzige Laterne, damit man sie in der Dunkelheit nicht verlor; und auf den anderen Schiffen, die vorüberfuhren, sagten die Leute, das Licht sei wohl eine Sternschnuppe.

Als sie weiter und weiter nach Süden kamen, wurde es immer wärmer. Polynesia, Tschi-Tschi und das Krokodil genossen die heiße Sonne sehr. Sie liefen laut lachend herum und schauten über die Bordwand, um nachzusehen, ob Afrika schon zu sehen war.

Aber das Schwein und der Hund und die Eule Tuh-Tuh konnten bei so einem Wetter nichts tun, als mit hängender Zunge auf dem Hinterdeck des Schiffs im Schatten einer großen Tonne zu sitzen und Limonade zu trinken.

Um sich Kühlung zu verschaffen, sprang die Ente Dab-Dab oft ins Wasser und schwamm hinter dem Schiff her. Hin und wieder, wenn ihr Kopf oben zu heiß wurde, tauchte sie unter dem Schiff hindurch und kam an der anderen Seite wieder hoch. Auf die Art fing sie dienstags und freitags auch Heringe – dann aß alles an Bord Fisch, damit das Rindfleisch länger reichte.

Als sie in die Nähe des Äquators kamen, sahen sie ein paar Fliegende Fische, die auf sie zusteuerten. Und die Fische fragten Polynesia, ob dies Doktor Dolittles Schiff war. Als sie bejahte, waren sie sehr froh, denn die Affen in Afrika machten sich allmählich Sorgen, ob er jemals kommen würde. Polynesia fragte, wie viele Meilen sie noch fahren müssten, und die Fliegenden Fische sagten, es wären jetzt nur noch fünfundfünfzig Meilen bis zur Küste von Afrika.

Ein andermal kam ein ganzer Schwarm von Tümmlern durch die Wogen getanzt. Auch sie fragten Polynesia, ob dies das Schiff des berühmten Doktors war; und als sie hörten, dass es so war, fragten sie den Papagei, ob der Doktor noch etwas für die Reise brauchte.

Und Polynesia sagte: »Ja. Uns sind die Zwiebeln ausgegangen.«

»Nicht weit von hier ist eine Insel«, sagten die Tümmler, »wo wilde Zwiebeln wachsen, schön und groß. Fahrt nur weiter, wir holen ein paar und bringen sie euch.«

Dann schossen die Tümmler durchs Meer davon. Und bald sah der Papagei sie wieder hinter dem Schiff herschwimmen; dabei schleppten sie Zwiebeln durch die Wellen, in großen Netzen aus Seegras.

Am nächsten Abend, als die Sonne unterging, sagte der Doktor: »Gib mir das Fernrohr, Tschi-Tschi. Unsere

Reise ist fast zu Ende. Wir müssten bald die Küste von Afrika sehen können.«

Und tatsächlich glaubten sie etwa eine halbe Stunde später, etwas in der Ferne zu sehen, was Land sein konnte. Aber es wurde jetzt immer dunkler, deshalb konnten sie nicht sicher sein. Dann zog ein großer Sturm herauf, mit Donner und Blitzen. Der Wind heulte, der Regen stürzte in Bächen herab, und die Wogen gingen so hoch, dass sie über das ganze Schiff spritzten.

Plötzlich gab es einen lauten Rums. Das Schiff stoppte und legte sich auf die Seite.

»Was ist passiert?«, fragte der Doktor, der von unten heraufkam.

»Ich weiß nicht genau«, sagte der Papagei, »aber ich glaube, wir haben einen Schiffbruch. Sag der Ente, sie soll ins Wasser springen und nachsehen.«

Dab-Dab tauchte tief unter die Wellen, und als sie wieder heraufkam, sagte sie, dass sie einen Felsen gerammt hatten; im Schiffsrumpf war ein großes Loch, das Wasser strömte herein, und sie würden schnell sinken.

»Wir müssen mit Afrika zusammengestoßen sein«, sagte der Doktor. »Tja, wir müssen alle an Land schwimmen.«

Aber Tschi-Tschi und Göb-Göb konnten nicht schwimmen.

»Nehmt das Tau!«, sagte Polynesia. »Ich hab euch ja gesagt, wir würden es noch brauchen. Wo ist diese Ente? Komm her, Dab-Dab. Nimm das Ende von dem Strick,

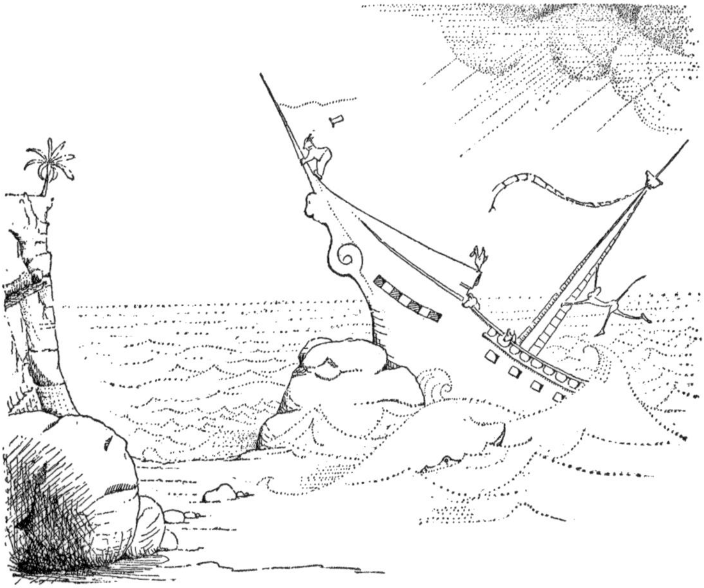

flieg ans Ufer und bind es um eine Palme; wir halten das andere Ende hier auf dem Schiff fest. Wer nicht schwimmen kann, muss dann an dem Seil entlangklettern, bis er an Land ist. Das nennt man eine *Rettungsleine.*«

So kamen sie alle sicher ans Ufer – die einen schwammen, andere flogen, und die an dem Seil entlangkletterten, nahmen Doktor Dolittles Koffer und Medizintasche mit.

Aber das Schiff war zu nichts mehr zu gebrauchen, mit dem großen Loch im Rumpf, und bald schlug die raue See es an den Felsen in Stücke, und die Trümmer trieben davon.

Dann suchten sie alle Zuflucht in einer hübschen trockenen Höhle, die sie hoch oben in den Klippen fanden, bis der Sturm vorüber war.

Als sich am nächsten Morgen die Sonne zeigte, gingen sie zum Strand hinunter, um sich zu trocknen.

»Gutes altes Afrika!«, seufzte Polynesia. »Schön, wieder zu Hause zu sein. Wenn man bedenkt, dass es morgen hundertneunundsechzig Jahre her ist, dass ich zuletzt hier war! Und es hat sich überhaupt nichts verändert! Dieselben alten Palmen, dieselbe alte rote Erde, dieselben alten schwarzen Ameisen! Es geht nichts über die Heimat!«

Und die anderen bemerkten, dass sie Tränen in den Augen hatte, so glücklich war sie, ihr Heimatland wiederzusehen.

Dann vermisste der Doktor seinen Zylinder; der war nämlich vom Sturm ins Meer geblasen worden. Dab-Dab ging ihn suchen. Und bald sah sie ihn weit entfernt auf dem Wasser treiben wie ein Spielzeugboot.

Als sie hinflog, um ihn zu holen, fand sie eine der weißen Mäuse, die ganz verängstigt darin saß.

»Was machst du denn hier?«, fragte die Ente. »Du solltest doch in Puddleby bleiben.«

»Ich wollte nicht zurückgelassen werden«, sagte die Maus. »Ich wollte wissen, wie es in Afrika aussieht – ich hab hier Verwandte. Deshalb hab ich mich im Gepäck versteckt und bin mit dem Schiffszwieback an Bord gebracht worden. Als das Schiff untergegangen ist, hatte ich furchtbare Angst – ich kann nämlich nicht weit schwimmen. Ich bin geschwommen, solange ich konnte, aber bald

war ich ganz erschöpft und hab gedacht, ich müsste ertrinken. Und genau in dem Moment kam der Hut vom Doktor vorbei; und da bin ich reingeklettert, weil ich doch nicht ertrinken wollte.«

Die Ente packte den Hut mit der Maus darin und brachte ihn zum Doktor ans Ufer. Und alle kamen zusammen, um einen Blick hineinzuwerfen.

»Das nennt man einen *blinden Passagier*«, sagte der Papagei.

Als sie eben einen Platz im Koffer suchten, wo die Maus bequem mitreisen konnte, rief der Affe Tschi-Tschi plötzlich: »Psst! Ich höre Schritte im Dschungel!«

Alle hörten auf zu reden und lauschten. Und bald kam ein schwarzer Mann aus dem Wald und fragte, was sie hier wollten.

»Ich bin John Dolittle – Dr. med.«, sagte der Doktor.

»Man hat mich gebeten, nach Afrika zu kommen, um die kranken Affen zu heilen.«

»Ihr kommt alle mit zum König«, sagte der schwarze Mann.

»Was für ein König?«, fragte der Doktor, der keine Zeit vergeuden wollte.

»Der König der Jolliginki«, antwortete der Mann. »Das ganze Land hier gehört ihm und alle Fremden müssen zu ihm gebracht werden. Folgt mir.«

So rafften sie ihr Gepäck zusammen und folgten dem Mann durch den Dschungel.

6. Kapitel

Polynesia und der König

Weit waren sie noch nicht durch den dichten Wald gegangen, da kamen sie auf eine große, helle Lichtung; und sie sahen den Königspalast, der aus Lehm gebaut war.

Dort lebte der König mit seiner Königin Ermintrude und ihrem Sohn, Prinz Bumpo. Der Prinz war an den Fluss gegangen, um Lachse zu fischen. Aber der König und die Königin saßen unter einem Sonnenschirm vor der Tür des Palasts. Königin Ermintrude war eingeschlafen.

Als der Doktor den Palast erreicht hatte, fragte der König, was er hier wolle; und der Doktor sagte ihm, wozu er gekommen war.

»Du darfst nicht durch mein Land reisen«, sagte der König. »Vor vielen Jahren ist einmal ein weißer Mann an diese Küste gekommen und ich war sehr freundlich zu ihm. Aber nachdem er Löcher in die Erde gegraben hatte, um das Gold herauszuholen, und alle Elefanten wegen ihrer Stoßzähne aus Elfenbein getötet hatte, ist er heimlich mit seinem Schiff weggefahren – ohne auch nur Danke

schön zu sagen. Nie wieder soll ein weißer Mann durch das Königreich Jolliginki reisen.«

Dann wandte sich der König an einige der schwarzen Männer, die in der Nähe standen, und sagte: »Bringt diesen Medizinmann weg, mit all seinen Tieren, und sperrt sie in mein stärkstes Gefängnis!«

Darauf führten sechs der schwarzen Männer den Doktor und all seine Tiere fort und schlossen sie in ein steinernes Verlies. Das Verlies hatte nur ein kleines Fenster, hoch oben in der Wand, mit einem Eisengitter; und die Tür war stark und dick.

Da wurden sie alle sehr traurig und Göb-Göb das Schwein begann zu weinen. Aber Tschi-Tschi sagte, er würde es verhauen, wenn es nicht mit diesem scheußlichen Lärm aufhörte, und da war es ruhig.

»Sind wir alle da?«, fragte der Doktor, als er sich an das Dämmerlicht gewöhnt hatte.

»Ja, ich glaub schon«, sagte die Ente und fing an, sie zu zählen.

»Wo ist Polynesia?«, fragte das Krokodil. »Sie ist nicht hier.«

»Bist du sicher?«, sagte der Doktor. »Seht noch einmal nach. Polynesia! Polynesia! Wo bist du?«

»Ich glaube, sie ist abgehauen«, knurrte das Krokodil. »Na, das sieht ihr ähnlich! Sich in den Dschungel zu verdrücken, sobald ihre Freunde in der Klemme stecken.«

»So ein schräger Vogel bin ich nicht«, sagte der Papagei und kletterte aus der hinteren Tasche im Gehrock des Doktors. »Ihr wisst doch, dass ich klein genug bin, um durch die Gitterstäbe an dem Fenster da zu kommen; ich hatte Angst, dass sie mich deshalb in einen Käfig stecken würden. Also hab ich mich, als der König redete, in der Rocktasche des Doktors versteckt – und da bin ich! So was nennt man eine *Kriegslist*«, sagte sie und glättete ihre Federn mit dem Schnabel.

»Liebe Zeit!«, rief der Doktor. »Ein Glück, dass ich mich nicht auf dich gesetzt hab.«

»Jetzt hört mal zu!«, sagte Polynesia. »Heute Abend, sobald es dunkel wird, kriech ich durch die Stäbe am Fenster und fliege hinüber zum Palast. Und dann – ihr werdet's schon sehen – finde ich bald was, um den König dazu zu bringen, dass er uns alle aus dem Gefängnis lässt.«

»Ach, was willst du schon ausrichten!«, sagte Göb-Göb; es verzog die Nase und brach wieder in Tränen aus. »Du bist doch nur ein Vogel!«

»Ganz richtig«, sagte der Papagei. »Aber vergiss nicht, auch wenn ich nur ein Vogel bin, kann ich trotzdem reden wie ein Mensch – und ich kenne die Schwarzen hier.«

So schlüpfte der Papagei in der Nacht, als der Mond durch die Palmen schien und alle Männer des Königs schliefen, durch das Gefängnisgitter und flog zum Palast. Das Fenster der Speisekammer war vor einer Woche durch einen Tennisball eingeschlagen worden und durch das Loch im Glas huschte Polynesia hinein.

Sie hörte Prinz Bumpo in seinem Schlafzimmer hinten im Palast schnarchen. Da trippelte sie auf Zehenspitzen die Treppe hinauf, bis sie zum Schlafzimmer des Königs kam. Vorsichtig öffnete sie die Tür und schaute hinein.

Die Königin war in dieser Nacht bei ihrer Cousine, auf einem Ball; aber der König lag im Bett und schlief fest.

Polynesia kroch ganz leise ins Zimmer und unters Bett.

Dann hustete sie – genau so, wie Doktor Dolittle immer hustete. Polynesia konnte jeden nachmachen.

Der König öffnete die Augen und sagte schläfrig: »Bist du das, Ermintrude?« Er dachte, die Königin sei vom Ball zurückgekommen.

Da hustete der Papagei noch einmal – laut wie ein

Mann. Und der König setzte sich auf, ganz wach, und sagte: »Wer ist da?«

»Ich bin Doktor Dolittle«, sagte der Papagei – genau so, wie es der Doktor gesagt hätte.

»Was machst du in meinem Schlafzimmer?«, rief der König. »Wie kannst du es wagen, das Gefängnis zu verlassen! Wo bist du? Ich kann dich nicht sehen.«

Aber der Papagei lachte nur – ein langes, tiefes, lustiges Lachen wie das des Doktors.

»Hör auf zu lachen und komm sofort her, damit ich dich sehen kann«, rief der König.

»Dummer König!«, antwortete Polynesia. »Hast du vergessen, dass du mit John Dolittle, Dr. med., sprichst – dem wunderbarsten Mann der Welt? Natürlich kannst

du mich nicht sehen. Ich habe mich unsichtbar gemacht. Es gibt nichts, was ich nicht kann. Jetzt hör zu: Ich bin heute Nacht hergekommen, um dich zu warnen. Wenn du mich und meine Tiere nicht durch dein Königreich reisen lässt, werde ich dich und all deine Leute so krank machen wie die Affen. Ich kann nämlich Menschen heilen, und ich kann sie krank machen – ich brauche nur den kleinen Finger zu heben. Schick sofort deine Soldaten, damit sie die Gefängnistür aufmachen, sonst kriegst du Mumps, noch ehe die Morgensonne über die Hügel von Jolliginki steigt.«

Da begann der König zu zittern und fürchtete sich sehr.

»Doktor«, rief er, »es soll sein, wie du sagst. Bitte heb nicht den kleinen Finger!« Und er sprang aus dem Bett, lief zu den Soldaten und befahl ihnen, die Gefängnistür zu öffnen.

Sobald er gegangen war, kroch Polynesia die Treppe hinab und verließ den Palast durchs Fenster der Speisekammer.

Aber die Königin, die eben mit dem Hausschlüssel die Hintertür öffnete, sah den Papagei durch das zerbrochene Fenster fliegen. Und als der König wieder ins Bett kam, erzählte sie ihm, was sie gesehen hatte.

Da begriff der König, dass man ihn hereingelegt hatte, und er wurde furchtbar wütend. Sofort eilte er zum Gefängnis zurück.

Aber er kam zu spät. Die Tür stand offen. Das Verlies war leer. Der Doktor und all seine Tiere waren fort.

7. Kapitel

Die Affenbrücke

O weh! Noch nie hatte Königin Ermintrude ihren Gemahl so furchterregend gesehen wie in dieser Nacht. Er knirschte vor Wut mit den Zähnen. Er nannte jeden einen Trottel. Er warf seine Zahnbürste nach der Palastkatze. Er rannte im Nachthemd herum und weckte sein ganzes Heer auf und schickte es in den Dschungel, um den Doktor zu fangen. Dann jagte er all seine Diener hinterher – die Köche und die Gärtner und die Barbiere und Prinz Bumpos Lehrer. Selbst die Königin, die vom Tanzen in ihren engen Schuhen sehr müde war, musste los, um den Soldaten beim Suchen zu helfen.

Inzwischen rannten der Doktor und seine Tiere, so schnell sie konnten, durch den Wald zum Affenland.

Göb-Göb mit seinen kurzen Beinen wurde bald müde, und der Doktor musste es tragen – was das Laufen sehr erschwerte, denn sie hatten ja auch den Koffer und die Medizintasche mitzuschleppen.

Der König der Jolliginki dachte, es wäre für sein Heer ganz leicht, sie zu finden, weil der Doktor ja in einem fremden Land war und sich nicht auskannte. Aber er irrte sich; der Affe Tschi-Tschi kannte nämlich alle Wege durch den Dschungel – sogar noch besser als die Männer des Königs. Und er führte den Doktor und seine Tiere dahin, wo der Urwald am dichtesten, wo kein Mensch je gewesen war; und dort versteckte er sie alle in einem hohen, hohlen Baum zwischen großen Felsen.

»Wir sollten hier wohl lieber warten«, sagte Tschi-Tschi, »bis die Soldaten wieder ins Bett gegangen sind. Dann können wir weiter zum Affenland gehen.«

Deshalb blieben sie die ganze Nacht dort.

Oft hörten sie die Männer des Königs, die sie ringsumher im Dschungel suchten, miteinander reden. Aber sie waren ganz sicher, denn niemand außer Tschi-Tschi kannte dieses Versteck – nicht einmal die anderen Affen.

Als endlich das Tageslicht über ihnen durch die dichten Blätter drang, hörten sie Königin Ermintrude mit ganz müder Stimme sagen, es hätte keinen Zweck, weiterzusuchen – sie könnten ebenso gut umkehren und ein bisschen schlafen.

Sobald die Soldaten alle nach Haus gegangen waren, führte Tschi-Tschi den Doktor und seine Tiere aus dem Versteck heraus, und sie machten sich auf den Weg ins Land der Affen.

Es war ein langer, langer Weg, und oft wurden sie sehr müde, besonders Göb-Göb. Aber wenn es zu weinen anfing, gaben sie ihm Kokosmilch, die es sehr gern mochte.

Sie hatten immer genug zu essen und zu trinken, denn Tschi-Tschi und Polynesia kannten all die verschiedenen Früchte und Gemüse, die im Urwald wachsen – und wussten genau, wo sie zu finden waren –, Datteln und Feigen und Erdnüsse und Ingwer und Jamswurzeln. Sie machten Limonade aus dem Saft wilder Orangen und süßten sie mit Honig aus Bienennestern in hohlen Bäumen. Ganz gleich, wonach sie fragten, fast immer konnten Tschi-Tschi und Polynesia es ihnen beschaffen – oder doch etwas Ähnliches. Dem Doktor brachten sie eines Tages sogar etwas Tabak, als er den mitgenommenen aufgebraucht hatte und gern rauchen wollte.

Nachts schliefen sie in Zelten aus Palmblättern auf dicken, weichen Betten aus trockenem Gras. Und mit der Zeit gewöhnten sie sich an das viele Wandern und wurden nicht mehr so müde, und dieses Leben unterwegs gefiel ihnen sehr.

Aber sie waren immer froh, wenn die Nacht kam und sie haltmachten, um sich auszuruhen. Dann zündete der Doktor ein kleines Feuer aus Reisig an; und wenn sie ihr Abendbrot gegessen hatten, saßen sie im Kreis ums Feuer und hörten zu, wie Polynesia Seemannslieder sang oder Tschi-Tschi Dschungelgeschichten erzählte.

Vieles von dem, was Tschi-Tschi erzählte, war sehr interessant. Denn obwohl die Affen keine eigenen Geschichtsbücher hatten, bevor Doktor Dolittle sie für sie schrieb, bewahren sie doch alles auf, was geschieht, indem sie ihren Kindern Geschichten erzählen. Und Tschi-Tschi berichtete von vielem, was ihm seine Großmutter erzählt hatte – Geschichten aus ganz, ganz lange vergangenen

Tagen, noch vor Noah und der Sintflut – aus den Tagen, als die Menschen Bärenfelle trugen und in Felshöhlen lebten und ihr Hammelfleisch roh aßen, weil sie noch nicht wussten, was Kochen ist, und sie noch nie ein Feuer gesehen hatten. Er erzählte ihnen von großen Mammuts und Eidechsen, so lang wie ein Zug, die damals über die Berge gewandert waren und an den Baumspitzen geknabbert hatten. Oft hörten sie so gespannt zu, dass das Feuer ganz ausgegangen war, wenn er endete, und sie erst losgehen und neues Reisig suchen mussten, um es wieder anzufachen.

Als nun die Soldaten des Königs heimgekehrt waren und gemeldet hatten, dass sie den Doktor nicht finden konnten, schickte der König sie wieder los und befahl ihnen, im Dschungel zu bleiben, bis sie ihn gefangen hätten. So wurden in dieser ganzen Zeit der Doktor und seine Tiere, während sie dem Affenland entgegengingen und sich ganz sicher fühlten, doch immer von den Männern des Königs verfolgt. Hätte Tschi-Tschi das gewusst, dann hätte er sie wahrscheinlich wieder versteckt. Aber er wusste es nicht.

Eines Tages kletterte Tschi-Tschi auf einen hohen Felsen und schaute weit über die Baumwipfel. Als er wieder herunterkam, sagte er, sie wären jetzt dem Land der Affen ganz nah und würden bald dort sein.

Und tatsächlich sahen sie noch am selben Abend Tschi-Tschis Vetter und eine Menge anderer Affen, die noch nicht krank waren, auf den Bäumen am Rand eines Sumpfes sitzen und nach ihnen Ausschau halten. Als sie den berühmten Doktor wirklich kommen sahen, machten die Affen einen gewaltigen Lärm, schrien, winkten mit Blättern und schwangen sich von den Ästen herab, um ihn zu begrüßen. Sie wollten seine Tasche und seinen Koffer tragen und alles, was er hatte; und einer von den größeren schleppte sogar Göb-Göb, das wieder müde geworden war. Zwei von ihnen liefen voraus, um den kranken Affen zu sagen, dass der große Doktor endlich da sei.

Aber die Männer des Königs, die sie immer noch verfolgten, hatten das Freudengeschrei der Affen gehört; und nun wussten sie endlich, wo sich der Doktor befand, und sie beeilten sich, um ihn zu fangen.

Der große Affe, der Göb-Göb trug, kam langsam hinter den anderen her und sah, wie der Hauptmann der Armee zwischen den Bäumen hindurchschlich. Deshalb lief er dem Doktor nach und sagte ihm, er solle rennen.

Da rannten sie alle so schnell wie noch nie in ihrem Leben; und die Männer des Königs hinter ihnen begannen auch zu rennen, und der Hauptmann lief am schnellsten.

Da stolperte der Doktor über seine Medizintasche und fiel in den Lehm, und der Hauptmann dachte, jetzt würde er ihn bestimmt schnappen.

Aber der Hauptmann hatte sehr lange Ohren, wenn auch sein Haar sehr kurz war. Und als er einen Satz machte, um den Doktor zu packen, verfing sich eins seiner Ohren in einem Busch, und das übrige Heer musste anhalten, um ihm zu helfen.

Unterdessen hatte der Doktor sich aufgerafft, und es ging weiter. Sie rannten und rannten, und Tschi-Tschi schrie: »Haltet durch! Es ist nicht mehr weit!«

Aber bevor sie ins Land der Affen gelangen konnten, kamen sie zu einem steilen Felsen, an dessen Fuß ein Strom floss. Das war die Grenze des Königreichs Jolliginki, und das Affenland lag auf der anderen Seite – jenseits des Flusses.

Jip der Hund blickte über den Rand des steilen, steilen Felsens hinab und sagte: »Ach du liebe Güte! Wie sollen wir je da hinüberkommen?«

»Jemineh!«, sagte Göb-Göb. »Die Männer des Königs sind schon ganz dicht hinter uns – seht nur! Ich fürchte, wir müssen wieder ins Gefängnis.« Und es begann zu weinen.

Aber der große Affe, der das Schwein trug, setzte es auf die Erde und rief den anderen Affen zu: »Jungs – eine Brücke! Schnell, macht eine Brücke! Wir haben nur eine Minute Zeit. Sie haben den Hauptmann befreit und er rennt wie ein wilder Hirsch. Macht schnell! Eine Brücke! Eine Brücke!«

Der Doktor fragte sich, woraus sie wohl eine Brücke machen würden, und er schaute sich um, ob sie irgendwo Bretter versteckt hatten.

Aber als er wieder zum Felsen sah, hing über dem Fluss schon eine fertige Brücke für sie – die aus lebenden Affen

bestand! Denn während er ihnen den Rücken zuwandte, hatten sie – schnell wie der Blitz – eine Brücke gebildet, indem sie sich an den Händen und Füßen fassten.

Und der große Affe rief dem Doktor zu: »Rüber – geht rüber – alle – beeilt euch!«

Göb-Göb hatte ein bisschen Angst davor, in dieser schwindelnden Höhe über eine so schmale Brücke zu gehen. Aber es kam gut hinüber, wie alle anderen auch.

John Dolittle ging als Letzter über die Brücke. Und als er gerade ans andere Ufer gelangt war, kamen die Männer des Königs an den Rand des Felsens gestürzt.

Da fuchtelten sie mit den Fäusten und brüllten vor Wut. Sie sahen nämlich, dass sie zu spät kamen. Der Doktor und all seine Tiere waren sicher im Affenland und die Brücke wurde zur anderen Seite herübergezogen.

Da wandte sich Tschi-Tschi an den Doktor und sagte: »Viele große Forscher und graubärtige Naturkundler haben wochenlang im Dschungel versteckt gelegen und darauf gewartet, dass die Affen dieses Kunststück zeigen. Aber bis jetzt haben wir noch nie einen Weißen dabei zusehen lassen. Sie sind der Erste, der die berühmte *Affenbrücke* gesehen hat.«

Da fühlte der Doktor sich sehr geschmeichelt.

8. Kapitel

Der Anführer der Löwen

John Dolittle hatte jetzt ganz entsetzlich viel zu tun. Er fand Hunderte und Tausende kranker Affen vor – Gorillas, Orang-Utans, Schimpansen, Paviane, Krallenaffen, graue Affen, rote Affen, Affen jeder Art. Und viele waren gestorben.

Als Allererstes trennte er die Kranken von den Gesunden. Dann ließ er sich von Tschi-Tschi und dessen Vetter eine kleine Grashütte bauen. Als Nächstes holte er alle Affen zu sich, die noch gesund waren, und impfte sie.

Drei Tage und drei Nächte lang kamen unaufhörlich Affen aus dem Dschungel, aus Tälern und Bergen zu der kleinen Grashütte, in der Tag und Nacht der Doktor saß und impfte und impfte.

Dann ließ er noch ein Haus errichten – ein großes, mit vielen Betten darin, und dort brachte er alle Kranken unter.

Aber so viele waren krank, dass es nicht genug Gesunde gab, um sie zu pflegen. Deshalb schickte er Botschaften an die anderen Tiere – wie die Löwen, die Leoparden und

die Antilopen –, sie sollten kommen und beim Pflegen helfen.

Aber der Anführer der Löwen war ein sehr stolzes Geschöpf, und als er zum großen Haus mit den vielen Betten kam, sah man ihm seine Wut und Verachtung an.

»Wie können Sie wagen, so etwas von mir zu verlangen, mein Herr?«, sagte er und starrte den Doktor wütend an. »Wie können Sie wagen, von mir, dem König der Tiere, zu verlangen, dass ich ein Pack schmutziger Affen bediene! Die würde ich ja nicht einmal als Zwischenmahlzeit essen!«

Obwohl der Löwe schrecklich anzusehen war, bemühte sich der Doktor sehr, nicht ängstlich zu wirken.

»Ich hab Sie nicht aufgefordert, die Affen zu essen«, sagte er ruhig. »Außerdem sind sie nicht schmutzig. Alle sind heute Morgen gebadet worden. Ihr Fell dagegen sieht aus, als ob es dringend mal gebürstet werden müsste.

Eines will ich Ihnen sagen, es könnte der Tag kommen, an dem die Löwen krank werden. Und wenn Sie jetzt den anderen Tieren nicht helfen, könnten die Löwen ganz allein stehen, wenn sie mal in Schwierigkeiten stecken. So etwas passiert stolzen Leuten oft.«

»Löwen geraten nicht in Schwierigkeiten – sie machen nur Schwierigkeiten«, sagte der Anführer, rümpfte die Nase und stapfte zurück in den Dschungel, mit dem Gefühl, ziemlich forsch und schlau gewesen zu sein.

Da taten auch die Leoparden stolz und sagten, sie würden nicht helfen, und die Antilopen natürlich auch – obwohl sie zu schüchtern und scheu waren, um so grob zum Doktor zu sein wie der Löwe. Sie scharrten mit den Füßen, lächelten dumm und sagten, sie hätten noch nie Krankenpfleger gespielt.

Jetzt war der arme Doktor doch furchtbar besorgt und

fragte sich, woher er genügend Hilfe kriegen sollte, um all die Tausende bettlägeriger Affen zu pflegen.

Aber als der Anführer der Löwen zu seiner Höhle zurückkehrte, kam ihm seine Frau, die Löwenkönigin, mit zerrauftem Haar entgegengelaufen.

»Eins der Jungen will nicht essen«, sagte sie. »Ich weiß nicht, was ich mit ihm machen soll. Seit gestern Abend hat es nichts mehr zu sich genommen.«

Und vor Besorgnis begann sie, zu weinen und zu zittern – sie war nämlich eine gute Mutter, obwohl sie eine Löwin war.

Da ging der Führer der Löwen in seine Höhle und sah nach seinen Kindern, zwei niedlichen kleinen Löwenjungen, die auf dem Boden lagen. Eines der beiden wirkte ziemlich elend.

Dann erzählte der Löwe seiner Frau ganz stolz, was er gerade zum Doktor gesagt hatte. Und sie wurde so zornig, dass sie ihn beinahe aus der Höhle gejagt hätte. »Du hast nie einen Funken Verstand gehabt!«, schrie sie. »Alle Tiere von hier bis zum Indischen Ozean erzählen sich von diesem wunderbaren Mann, und dass er jede Krankheit heilen kann und wie freundlich er ist – der einzige Mensch auf der ganzen Welt, der die Sprache der Tiere beherrscht! Und jetzt, jetzt, wo wir ein krankes Kind im Haus haben, musst du hingehen und ihn beleidigen! Du großer Dummkopf! Nur ein Trottel wird jemals unverschämt zu einem guten Doktor sein. Du –« Und sie rupfte ihm beinahe seine Mähne aus.

»Geh sofort zu diesem weißen Mann zurück«, schrie sie, »und sag ihm, dass es dir leidtut. Und nimm all die anderen hohlköpfigen Löwen mit – und diese dummen Leoparden und Antilopen. Dann tut alles, was der Doktor euch sagt. Schuftet wie die Sklaven! Und vielleicht ist er später so nett, herzukommen und nach unserem Jungen zu sehen. Mach, dass du fortkommst! Beeil dich, sag ich dir! Als Vater bist du völlig unfähig!«

Und sie ging in die Nachbarhöhle, wo eine andere Löwenmutter wohnte, der sie ihr Herz ausschüttete.

Also ging der Anführer der Löwen zum Doktor zurück und sagte: »Ich kam zufällig hier vorbei und wollte nur mal reinschauen. Schon Hilfe gefunden?«

»Nein«, sagte der Doktor, »noch nicht. Ich bin schrecklich besorgt.«

»Hilfe ist heutzutage schwer zu kriegen«, sagte der Löwe. »Kein Tier scheint überhaupt noch arbeiten zu wollen. Kann man ihnen nicht mal übel nehmen – irgendwie ... Tja, da Sie in der Klemme stecken, will ich tun, was ich kann – nur Ihnen zuliebe –, solange ich das Gesindel nicht waschen muss. Ich hab auch allen anderen Jagdtieren gesagt, sie sollen kommen und ihr Teil beitragen. Die Leoparden müssten gleich hier sein ... Ach, übrigens: Wir haben zu Hause ein krankes Junges. Ich glaub ja nicht, dass ihm wirklich was fehlt. Aber meine Frau macht sich Sorgen. Wenn Sie heute Abend zufällig in die Gegend kommen, können Sie es sich dann mal ansehen?«

Da war der Doktor sehr glücklich; denn alle Löwen und

Leoparden und Antilopen und Giraffen und Zebras – alle Tiere der Wälder, der Berge und der Ebenen – kamen, um ihm bei der Arbeit zu helfen. So viele kamen, dass er einige wieder fortschicken musste und nur die Geschicktesten behielt.

Und bald ging es den Affen wieder besser. Nach einer Woche war das große Haus mit den vielen Betten schon halb leer und am Ende der zweiten Woche war der letzte Affe wieder gesund.

Die Arbeit des Doktors war nun erledigt, und er war so müde, dass er sich ins Bett legte und drei Tage durchschlief, ohne sich auch nur einmal umzudrehen.

9. Kapitel

Der Rat der Affen

Da stand nun Tschi-Tschi vor der Tür des Doktors und hielt alle fern, bis er erwachte. Dann sagte John Dolittle den Affen, er müsse jetzt wieder nach Puddleby zurückkehren.

Davon waren sie sehr überrascht, denn sie hatten gemeint, er würde für immer bei ihnen bleiben. In dieser Nacht versammelten sich alle Affen im Dschungel, um die Sache zu besprechen.

Der Oberschimpanse erhob sich und sagte: »Warum will der gute Mann fort? Ist er bei uns nicht glücklich?«

Aber keiner konnte das beantworten.

Danach stand der Großgorilla auf und sagte: »Ich glaube, wir sollten alle zu ihm gehen und ihn bitten, hierzubleiben. Vielleicht, wenn wir ihm ein neues Haus und ein größeres Bett bauen und ihm viele Affendiener versprechen, die für ihn arbeiten und ihm das Leben angenehm machen – vielleicht würde er dann nicht mehr fortwollen.«

Dann stand Tschi-Tschi auf, und alle anderen flüsterten: »Pssst! Tschi-Tschi, der große Reisende, will sprechen!«

Und Tschi-Tschi sagte zu den anderen Affen: »Meine

Freunde, ich fürchte, es ist nutzlos, dass man den Doktor bittet, zu bleiben. Er ist in Puddleby Geld schuldig. Und er sagt, er muss zurück und es bezahlen.«

Und die Affen fragten: »Was ist Geld?«

Da erzählte Tschi-Tschi ihnen, dass man im Land der weißen Menschen ohne Geld nichts bekommen könne, ohne Geld könne man nichts tun. Es sei fast unmöglich, ohne Geld zu leben.

Und einige fragten: »Aber kann man nicht mal essen und trinken, ohne zu bezahlen?«

Aber Tschi-Tschi schüttelte den Kopf. Und dann erzählte er ihnen, dass sogar er selbst die Kinder um Geld anbetteln musste, als er damals mit dem Leierkastenmann herumgezogen war.

Und der Oberschimpanse wandte sich an den ältesten der Orang-Utans und sagte: »Vetter, diese Menschen sind wahrlich seltsame Wesen! Wer würde in so einem Land leben wollen? Du meine Güte – wie erbärmlich!«

Dann sagte Tschi-Tschi: »Als wir zu euch kommen wollten, hatten wir kein Schiff, um übers Meer zu fahren, und kein Geld, um Nahrungsmittel für die Reise zu kaufen. Deshalb hat uns ein Mann etwas Schiffszwieback geliehen, und wir haben gesagt, wir würden bezahlen, wenn wir zurückkommen. Und das Schiff haben wir von einem Seemann geborgt, aber es ist an den Felsen zerschellt, als wir die Küste von Afrika erreichten. Jetzt sagt der Doktor, er muss zurückkehren und dem Seemann ein neues Boot besorgen – der Mann ist nämlich arm, und das Schiff war alles, was er hatte.«

Die Affen waren eine Weile still, saßen ganz ruhig auf dem Boden und dachten scharf nach.

Endlich stand der Hauptpavian auf und sagte: »Ich finde, wir dürfen diesen guten Mann nicht aus unserem Land lassen, ehe wir ihm nicht etwas Schönes geschenkt haben, was er mitnehmen kann; damit er weiß, dass wir dankbar sind für alles, was er für uns getan hat.«

Und ein winziger roter Affe, der auf einem Baum saß, rief herunter: »Ganz meine Meinung!«

Dann machten alle einen großen Lärm und schrien: »Ja, ja. Wir wollen ihm das schönste Geschenk machen, das ein weißer Mann je bekommen hat!«

Nun begannen alle zu überlegen und einander zu fragen, was man dem Doktor wohl am besten schenken könnte.

Einer sagte: »Fünfzig Säcke voller Kokosnüsse!«

Ein anderer: »Hundert Bündel Bananen! Wenigstens muss er dann kein Obst mehr kaufen in dem Land-wo-man-fürs-Essen-zahlt!«

Aber Tschi-Tschi sagte ihnen, all das wäre zu schwer, um es so weit zu tragen, und es würde schlecht, bevor man auch nur die Hälfte gegessen hätte.

»Wenn ihr ihm eine Freude machen wollt«, sagte er, »dann schenkt ihm ein Tier. Ihr könnt sicher sein, dass er es gut behandelt. Schenkt ihm irgendein seltenes Tier, das es in den Menagerien nicht gibt.«

Und die Affen fragten: »Was sind Menagerien?«

Da erklärte Tschi-Tschi ihnen, dass Menagerien im Lande der weißen Menschen Stätten sind, an denen Tiere in Käfigen sitzen, damit die Menschen kommen und sie sich ansehen. Da waren die Affen ganz entsetzt und sagten zueinander: »Diese Menschen sind wie gedankenlose Junge – dumm und leicht zu erfreuen. Pfui! Er meint ein Gefängnis.«

Danach fragten sie Tschi-Tschi, was für ein seltenes Tier sie denn dem Doktor schenken sollten – eins, das die weißen Menschen noch nie gesehen hätten. Und der Häuptling der Krallenaffen fragte: »Haben sie da drüben einen Leguan?«

Aber Tschi-Tschi sagte: »Ja, es gibt einen im Londoner Zoo.«

Und ein anderer fragte: »Haben sie ein Okapi?«

Aber Tschi-Tschi sagte: »Ja, in Belgien, wohin mich mein Leierkastenmann vor fünf Jahren mitgenommen hat, gab es ein Okapi in einer großen Stadt namens Antwerpen.«

Und ein anderer fragte: »Haben sie ein Stoßmich-Ziehdich?«

Da sagte Tschi-Tschi: »Nein. Kein Weißer hat je ein Stoßmich-Ziehdich gesehen. Das wollen wir ihm schenken.«

10. Kapitel

Das allerseltenste Tier

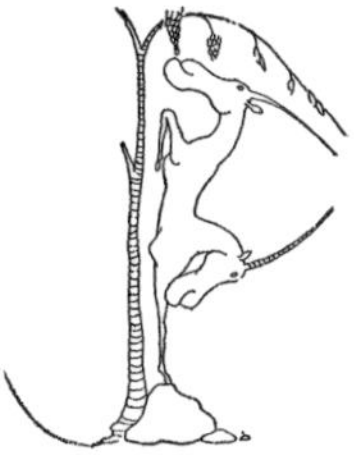

toßmich-Ziehdichs sind jetzt ausgestorben. Das heißt, es gibt keine mehr. Aber vor langer Zeit, als Doktor Dolittle lebte, gab es noch einige von ihnen im tiefsten Dschungel Afrikas; und selbst damals waren sie schon sehr, sehr selten. Sie hatten keinen Schwanz, sondern einen Kopf an jedem Ende und scharfe Hörner auf jedem Kopf. Sie waren sehr scheu und furchtbar schwer zu fangen.

Die schwarzen Männer fangen die meisten Tiere, indem sie sich von hinten anschleichen, wenn die Tiere gerade nicht hinsehen. Aber bei einem Stoßmich-Ziehdich ging das nicht, weil es einen ansah, ganz gleich, von wo man sich ihm näherte. Außerdem schlief immer nur die eine Hälfte von ihm. Der andere Kopf war immer wach – und umsichtig. Deshalb konnte man sie nie fangen und auch nie in einem Zoo sehen.

Obwohl viele der größten Jäger und der schlauesten Menageriebesitzer Jahre ihres Lebens darauf verwandt hatten, bei jedem Wetter im Dschungel Stoßmich-Ziehdichs zu suchen, war kein einziges je gefangen worden.

Selbst damals, vor all den Jahren, war es das einzige Tier auf der Welt mit zwei Köpfen.

Die Affen machten sich also auf, den Wald nach diesem Tier zu durchstreifen. Und als sie etliche Meilen zurückgelegt hatten, fand einer von ihnen eigenartige Fußspuren nahe bei einem Flussufer; und da wussten sie, dass ein Stoßmich-Ziehdich ganz in der Nähe sein musste.

Sie gingen ein Stück den Fluss entlang und sahen eine Stelle, wo das Gras hoch und dicht war, und sie nahmen an, dass es sich darin versteckte.

Deshalb fassten sich alle an den Händen und bildeten einen großen Kreis um das hohe Gras. Das Stoßmich-Ziehdich hörte sie kommen und bemühte sich sehr, aus dem Ring der Affen auszubrechen. Aber es gelang ihm nicht. Als es sah, dass eine Flucht aussichtslos war, setzte es sich hin und wartete, um herauszufinden, was man von ihm wollte.

Die Affen fragten es, ob es mit Dr. Dolittle gehen und sich im Land der weißen Menschen zur Schau stellen lassen würde.

Aber es schüttelte heftig beide Köpfe und sagte: »Auf keinen Fall!«

Sie erklärten ihm, dass es nicht in einer Menagerie eingesperrt, sondern nur angeschaut würde. Sie sagten, der Doktor sei ein sehr guter Mann, habe aber kein Geld; und die Leute würden dafür bezahlen, ein zweiköpfiges Tier zu sehen, und der Doktor würde reich werden und das Schiff bezahlen können, das er geliehen hatte, um nach

Afrika zu fahren. Aber es antwortete: »Nein. Ihr wisst, wie scheu ich bin – ich hasse es, angestarrt zu werden.« Und beinahe hätte es geweint.

Da versuchten sie drei Tage lang, es zu überreden.

Am Ende des dritten Tages sagte es, es würde mitkommen; erst mal nur, um zu sehen, was der Doktor für ein Mensch sei.

Also reisten die Affen zusammen mit dem Stoßmich-Ziehdich heim.

Und als sie zum kleinen Grashaus des Doktors kamen, klopften sie an die Tür.

Die Ente, die gerade den Koffer packte, sagte: »Herein!«

Und Tschi-Tschi führte sehr stolz das Tier ins Haus und zeigte es dem Doktor.

»Was in aller Welt ist das?«, fragte John Dolittle; er betrachtete das seltsame Geschöpf.

»Lieber Himmel!«, rief die Ente. »Wie kann es sich je entscheiden?«

»Sieht mir nicht so aus, als ob es dazu genug Verstand hätte«, sagte Jip der Hund.

»Dies, Doktor«, sagte Tschi-Tschi, »ist das Stoßmich-Ziehdich – das seltenste Tier im afrikanischen Dschungel, das einzige zweiköpfige Tier der Welt! Nehmen Sie es mit nach Hause und Ihr Glück ist gemacht. Die Leute werden jeden Preis zahlen, um es zu sehen.«

»Aber ich brauche gar kein Geld«, sagte der Doktor.

»Doch, brauchen Sie wohl«, sagte Dab-Dab die Ente. »Erinnern Sie sich nicht, dass wir alles zusammenscharren und zusammenkratzen mussten, um die Metzgerrechnung in Puddleby bezahlen zu können? Und wie wollen Sie dem Seemann das neue Boot besorgen, von dem Sie geredet haben – wenn wir kein Geld haben, um es zu kaufen?«

»Ich wollte ihm eins bauen«, sagte der Doktor.

»Ach, seien Sie doch vernünftig!«, rief Dab-Dab. »Woher wollen Sie das Holz und die Nägel dafür nehmen? – Und außerdem, wovon sollen wir leben? Wenn wir zurückkommen, werden wir ärmer sein als je zuvor. Tschi-Tschi hat ganz recht: Nehmen Sie dieses komische Ding da bloß mit!«

»Na ja, vielleicht ist ja etwas dran an dem, was du sagst«, murmelte der Doktor. »Es wäre ganz sicher eine nette neue Sorte Haustier. Aber will das – wie auch immer es heißt – wirklich in die Fremde reisen?«

»Ja, ich will mitkommen«, sagte das Stoßmich-Ziehdich, das sofort am Gesicht des Doktors gesehen hatte, dass er ein vertrauenswürdiger Mann war. »Sie sind so gut zu den Tieren hier gewesen – und die Affen sagen, ich bin das einzige Wesen, das für den Zweck taugt. Aber Sie müssen mir versprechen, dass Sie mich zurückbringen, wenn es mir im Land der weißen Menschen nicht gefällt.«

»Aber sicher – natürlich, natürlich«, sagte der Doktor. »Entschuldige, aber du bist gewiss mit den Hirschen verwandt, oder?«

»Ja«, sagte das Stoßmich-Ziehdich, »mit den Abessinischen Gazellen und den Asiatischen Gämsen, mütterlicherseits. Der Großvater meines Vaters war das letzte Einhorn.«

»Äußerst interessant!«, murmelte der Doktor; und er nahm ein Buch aus dem Koffer, den Dab-Dab gerade packte, und fing an, darin zu blättern. »Mal sehen, ob Buffon etwas darüber sagt.«

»Mir fällt auf, dass du nur mit einem deiner Münder sprichst«, sagte die Ente. »Kann der andere Kopf auch reden?«

»Ja, natürlich«, sagte das Stoßmich-Ziehdich. »Aber den anderen Mund nehm ich meistens zum Essen. So kann ich beim Essen reden, ohne unhöflich zu sein. Unser Volk war schon immer sehr höflich.«

Als das Packen beendet und alles zum Aufbruch bereit

war, veranstalteten die Affen für den Doktor ein großes Fest, und alle Tiere des Dschungels kamen. Es gab Ananas und Mangos und Honig und viele andere gute Dinge zu essen und zu trinken.

Als alle fertig gegessen hatten, stand der Doktor auf und sagte: »Meine Freunde, ich kann nicht gut große Worte machen wie mancher andere und ich habe gerade eine Menge Obst und viel Honig gegessen. Aber ich will euch doch sagen, dass ich sehr traurig bin, euer schönes Land zu verlassen. Ich habe im Land der weißen Menschen einiges zu erledigen, deshalb muss ich gehen. Aber wenn ich fort bin, denkt daran, dass sich nie Fliegen auf euer Essen setzen dürfen, bevor ihr esst; und schlaft nicht auf der Erde, wenn die Regenzeit kommt. Ich – hem – hem – ich hoffe, ihr alle werdet lange und glücklich leben.«

Als der Doktor aufgehört hatte zu reden und sich setzte, klatschten die Affen sehr lange und sagten zueinander: »Unser Volk soll sich immer daran erinnern, dass er hier, unter den Bäumen, mit uns gesessen und gegessen hat. Denn er ist gewiss der Größte der Menschen!«

Und der Großgorilla, dessen haarige Arme die Kraft von sieben Pferden hatten, rollte einen großen Felsblock ans Kopfende des Tisches und sagte: »Dieser Stein soll für alle Zeiten die Stelle bezeichnen.«

Und bis zum heutigen Tag liegt der Stein noch immer dort, mitten im Dschungel. Und Affenmütter, die mit ihren Familien durch den Wald kommen, deuten aus den Ästen herab darauf und flüstern ihren Kindern zu: »Psst!

Da ist es – seht nur –, wo der Gute Weiße Mann im Jahr der Großen Krankheit gesessen und mit uns gegessen hat!«

Als das Fest vorüber war, machten sich der Doktor und seine Tiere auf den Rückweg zur Meeresküste. Und alle Affen begleiteten ihn bis an die Grenze ihres Landes, um ihn zu verabschieden; und sie trugen seinen Koffer und seine Tasche.

11. Kapitel

Der schwarze Prinz

Beim Fluss hielten sie an und sagten Lebewohl. Das dauerte einige Zeit, weil all die Tausende von Affen John Dolittle die Hand schütteln wollten.

Als danach der Doktor und seine Tiere allein weitergingen, sagte Polynesia: »Wir müssen vorsichtig auftreten und leise reden, solange wir durch das Land der Jolliginki gehen. Wenn der König uns hört, schickt er wieder seine Soldaten aus, um uns zu fangen; ich bin nämlich sicher, dass er noch sehr böse ist wegen des Streichs, den ich ihm gespielt habe.«

»Ich frage mich nur«, sagte der Doktor, »wo wir ein anderes Schiff für die Heimreise herkriegen sollen … Na ja, vielleicht finden wir eins, das am Strand herumliegt und das keiner braucht. ›Man soll den Fuß erst dann zum Klettern heben, wenn man am Zaun ist.‹«

Eines Tages, als sie durch einen sehr dichten Teil des Waldes kamen, ging Tschi-Tschi voran, um nach Kokosnüssen auszuschauen. Und während seiner Abwesenheit verirrten sich der Doktor und die übrigen Tiere, die die Dschungelpfade nicht so genau kannten, in den Tiefen des

Urwaldes. Sie wanderten kreuz und quer, konnten aber den Weg zur Küste nicht mehr finden.

Tschi-Tschi war schrecklich aufgeregt, als er sie nirgends erblickte. Er kletterte auf hohe Bäume und hielt von den höchsten Zweigen Ausschau nach dem Zylinder des Doktors; er winkte und schrie; er rief alle Tiere beim Namen. Aber es half nichts. Sie schienen ganz verschwunden zu sein.

Und sie hatten sich wirklich schlimm verirrt. Sie waren ein großes Stück vom Weg abgewichen, und der Dschungel mit seinem Dickicht, den Schlingpflanzen und Lianen war so undurchdringlich, dass sie sich manchmal kaum bewegen konnten, und der Doktor musste sein Taschenmesser herausholen und den Weg freischneiden. Sie stolperten in nasse, sumpfige Löcher; sie verfingen sich zwischen den dicken Strängen der Ranken; sie wurden von Dornen zerkratzt, und zweimal hätten sie beinahe die Medizintasche im Unterholz verloren. Die Schwierigkeiten schienen kein Ende zu nehmen und nirgends konnten sie einen richtigen Weg finden.

Nachdem sie viele Tage so herumgetappt und ihre Kleider zerrissen und ihre Gesichter mit Schmutz bedeckt waren, liefen sie schließlich aus Versehen geradewegs in den Palastgarten des Königs. Die Männer des Königs kamen sofort angerannt und nahmen sie gefangen.

Aber Polynesia flog in einen Baum des Gartens, ohne dass jemand sie sah, und versteckte sich. Der Doktor und die Übrigen wurden zum König gebracht.

»Ha, ha!«, schrie der König. »Hat man euch wieder eingefangen! Diesmal werdet ihr nicht entkommen. Steckt sie alle wieder ins Gefängnis und hängt doppelte Schlösser an die Tür. Dieser weiße Mann soll für den Rest seines Lebens meinen Küchenboden schrubben!«

So wurden der Doktor und seine Tiere wieder ins Gefängnis gebracht und eingesperrt. Und dem Doktor sagten sie, am nächsten Morgen müsse er damit beginnen, den Küchenboden zu schrubben.

Alle waren sehr unglücklich.

»Das ist furchtbar lästig«, sagte der Doktor. »Ich muss wirklich nach Puddleby zurück. Der arme Seemann wird glauben, ich hätte sein Schiff gestohlen, wenn ich nicht bald nach Hause komme ... Ich möchte gern wissen, ob diese Angeln locker sind.«

Aber die Tür war sehr stark und fest verschlossen. Es schien keine Möglichkeit zum Ausbrechen zu geben. Und Göb-Göb fing wieder an zu weinen.

Die ganze Zeit saß Polynesia still auf dem Baum im Palastgarten. Sie sagte nichts, sie blinzelte nur. Das war bei ihr immer ein schlechtes Zeichen. Wenn sie nichts sagte und blinzelte, hieß das, jemand hatte Unfug angerichtet, und sie dachte darüber nach, wie man alles wieder zurechtrücken konnte. Leute, die Polynesia oder ihren Freunden Ärger machten, hatten das später fast immer zu bereuen.

Plötzlich sah sie Tschi-Tschi, der sich durch die Bäume schwang und noch immer nach dem Doktor suchte.

Als Tschi-Tschi sie erblickte, kam er auf ihren Baum und fragte, was aus dem Doktor geworden sei.

»Der Doktor und alle Tiere sind von den Männern des Königs gefangen und wieder eingesperrt worden«, flüsterte Polynesia. »Wir hatten uns im Dschungel verlaufen und sind aus Versehen in den Palastgarten gestolpert.«

»Aber hast du sie denn nicht führen können?«, fragte Tschi-Tschi; und er begann, mit ihr zu schimpfen, weil sie zugelassen hatte, dass sie sich verirrten, während er unterwegs gewesen war, um nach Kokosnüssen zu suchen.

»An allem ist nur dieses dumme Schwein schuld«, sagte Polynesia. »Es musste ja unbedingt immer vom Weg weglaufen, um nach Ingwerwurzeln zu wühlen. Und ich war so sehr damit beschäftigt, es einzufangen und wieder zurückzubringen, dass ich nach links gegangen bin statt nach rechts, als wir den Sumpf erreicht hatten. – Psst! – Sieh mal! Da kommt Prinz Bumpo in den Garten! Er darf uns nicht sehen. – Beweg dich nicht, auf keinen Fall!«

Und tatsächlich kam da Prinz Bumpo, der Königssohn, und öffnete die Gartentür. Er hatte ein Märchenbuch unter dem Arm und summte ein trauriges Lied vor sich hin, während er den Kiesweg hinabschlenderte, bis er zu einer Steinbank gelangte, die genau unter dem Baum stand, auf dem sich der Papagei und der Affe versteckten. Dort legte er sich auf die Bank und begann zu lesen.

Tschi-Tschi und Polynesia beobachteten ihn; sie waren ganz reglos und still.

Nach einer Weile legte der Königssohn das Buch zur

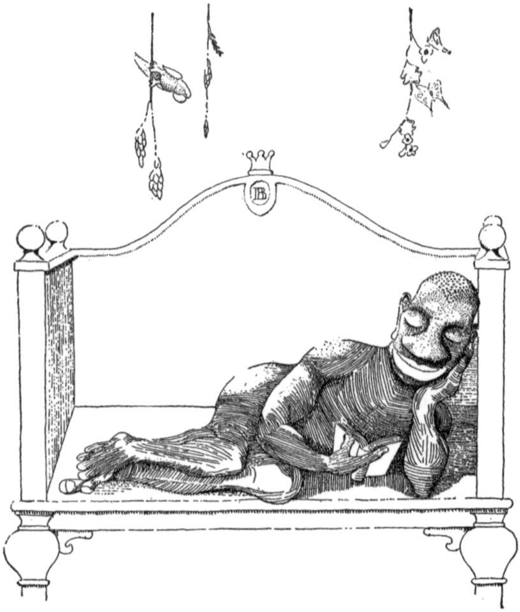

Seite und stieß einen betrübten Seufzer aus. »Ach, wäre ich doch ein weißer Prinz!«, sagte er mit einem verträumten, entrückten Blick.

Mit der dünnen, hohen Stimme eines Mädchens sagte da der Papagei: »Bumpo, vielleicht könnte dich jemand in einen weißen Prinzen verwandeln.«

Der Königssohn fuhr von der Bank auf und sah sich um. »Was hör ich da?«, rief er. »Mich will dünken, einer silbernen Feenstimme liebliche Musik erscholl aus jener Laube dort! Gar seltsam!«

»Edler Prinz«, sagte Polynesia; sie saß ganz still, sodass Bumpo sie nicht sehen konnte, »du sprichst geflügelte

Worte der Wahrheit. Denn ich bin es, Tripsitinka, die Königin der Feen, die zu dir spricht. Ich verberge mich in einer Rosenknospe.«

»O sag mir, Feenkönigin«, rief Bumpo; vor Wonne rang er die Hände, »wer vermöchte mich denn weiß zu machen?«

»In deines Vaters Kerker«, sagte der Papagei, »sitzt ein berühmter Zauberer, John Dolittle geheißen. Viel weiß er von Medizin und Magie und gewaltige Taten hat er vollbracht. Doch lässt ihn dein königlicher Vater lange lastende Stunden schmachten. Geh zu ihm, tapferer Bumpo, heimlich, wenn die Sonne gesunken ist, und wahrlich wirst du zum weißesten Prinzen werden, der je eine schöne Dame gewann! Jetzt muss ich heimkehren ins Feenland. Lebe wohl!«

»Lebe wohl!«, rief der Prinz. »Tausendfachen Dank, gute Tripsitinka!«

Und er setzte sich wieder auf die Bank, mit einem Lächeln im Gesicht, und wartete auf den Sonnenuntergang.

12. Kapitel

Medizin und Magie

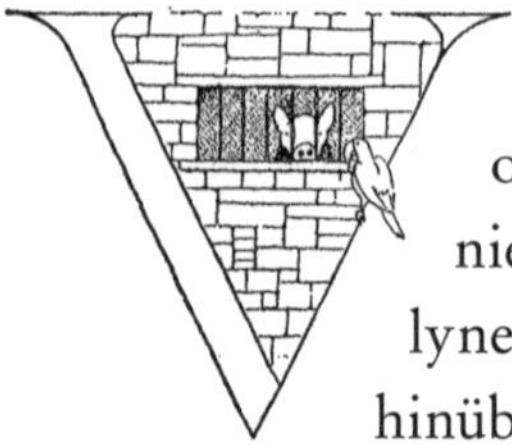

Vorsichtig und ganz, ganz still, sodass niemand sie sehen konnte, schlüpfte Polynesia danach aus dem Baum und flog hinüber zum Gefängnis.

Sie fand Göb-Göb, das seine Nase durch die Fenstergitter steckte und versuchte, die Essensdüfte aus der Palastküche zu schnuppern. Sie sagte dem Schwein, es solle den Doktor ans Fenster holen, weil sie mit ihm sprechen wolle.

Also ging Göb-Göb hin und weckte den Doktor, der ein Nickerchen hielt.

»Hör zu«, flüsterte der Papagei, als John Dolittles Gesicht auftauchte, »Prinz Bumpo wird dich heute Abend aufsuchen. Du musst irgendeine Möglichkeit finden, ihn weiß zu machen. Aber lass dir zuerst versprechen, dass er die Gefängnistür öffnet und ein Schiff findet, mit dem du übers Meer fahren kannst.«

»Alles schön und gut«, sagte der Doktor. »Aber es ist nicht so leicht, einen schwarzen Mann weiß zu machen. Du redest, als ob er ein Kleid wäre, das man umfärben will. So einfach ist das nicht. Du weißt doch: ›Ändert wohl ein Schwarzer seine Hautfarbe oder ein Leopard seine Flecken?‹«

»Davon weiß ich gar nichts«, sagte Polynesia unwirsch. »Aber du musst diesen Schwarzen weiß machen. Denk dir was aus, denk gründlich nach. Du hast doch noch viel Medizin in deiner Tasche. Er tut alles für dich, wenn du seine Farbe änderst. Das ist eure einzige Chance, aus dem Gefängnis zu kommen.«

»Tja, vielleicht könnte es gehen«, sagte der Doktor. »Lass mich mal sehen …« Und er ging hinüber zu seiner Medizintasche und murmelte etwas von: »freigesetztem Chlor auf Tierpigment – vielleicht Zinksalbe, als vorübergehendes Mittel, dick aufgetragen …«

An diesem Abend kam Bumpo heimlich zum Doktor ins Gefängnis und sagte: »Weißer Mann, ich bin ein unglücklicher Prinz. Vor Jahren bin ich auf die Suche nach Dornröschen gegangen, von der ich in einem Buch gelesen hatte. Als ich viele Tage durch die Welt gereist war, habe ich sie endlich gefunden und sehr sanft geküsst, um sie aufzuwecken – wie man es nach dem Buch tun soll. Sie ist tatsächlich aufgewacht. Aber als sie mein Gesicht gesehen hat, da schrie sie: ›Ach, der ist ja schwarz!‹ Und sie ist weggerannt und wollte mich nicht heiraten, sondern hat sich irgendwo anders wieder schlafen gelegt. Deshalb bin ich voller Trauer heimgereist in meines Vaters Reich. Jetzt höre ich, dass du ein wunderbarer Magier bist und viele mächtige Zaubertränke hast. Deshalb komme ich zu dir um Hilfe. Wenn du mich weiß machst, damit ich zu Dornröschen zurückkehren kann, sollst du die Hälfte meines Königreichs erhalten und außerdem alles, was du dir wünschst.«

»Prinz Bumpo«, sagte der Doktor, wobei er nachdenklich auf die Flaschen in seiner Medizintasche sah, »wenn ich deinem Haar ein hübsches Blond verpasse, würde das nicht genügen, um dich glücklich zu machen?«

»Nein«, sagte Bumpo. »Etwas anderes genügt mir nicht. Ich muss ein weißer Prinz werden.«

»Du weißt, es ist sehr schwer, die Farbe eines Prinzen zu ändern«, sagte der Doktor. »Das ist eins der schwersten Dinge, die ein Zauberer überhaupt vollbringen kann. Du willst nur, dass dein Gesicht weiß wird, oder?«

»Ja, das ist alles«, sagte Bumpo. »Das genügt; ich werde nämlich eine strahlende Rüstung und Handschuhe aus Stahl tragen wie die anderen weißen Prinzen und ein Pferd reiten!«

»Muss dein Gesicht überall weiß sein?«, fragte der Doktor.

»Ja, überall«, sagte Bumpo. »Ich hätte auch gern blaue Augen, aber ich fürchte, das wäre wohl zu schwierig.«

»Ja, das stimmt«, sagte der Doktor schnell. »Schön, ich will für dich tun, was ich kann. Du brauchst aber viel Geduld – du weißt ja, bei mancher Medizin kann man nicht ganz sicher sein. Vielleicht werde ich es zwei- oder dreimal versuchen müssen. Du hast eine kräftige Haut, ja? Fein, dann ist alles in Ordnung. Jetzt komm hierher ans Licht. – Ah, bevor ich aber anfange, musst du zuerst an den Strand gehen und ein Schiff ausrüsten, mit dem ich übers Meer fahren kann, mit Essen und allem. Kein Wort darüber zu irgendwem. Und wenn ich getan habe, was du verlangst, musst du mich und all meine Tiere aus dem Gefängnis lassen. Versprich mir das – bei der Krone von Jolliginki!«

Der Prinz versprach es und ging fort, um an der Küste ein Schiff fertig zu machen.

Als er zurückkam und sagte, dass es geschehen war, bat der Doktor Dab-Dab, eine Schüssel zu bringen. Darin mischte er dann eine Menge Medizinen und sagte Bumpo, er solle sein Gesicht hineintauchen.

Der Prinz beugte sich vor und steckte das Gesicht hinein, bis zu den Ohren.

Er ließ es lange darin – so lange, dass der Doktor sehr ängstlich und zappelig wurde, von einem Bein aufs andere trat, alle Flaschen betrachtete, die er für die Mixtur benutzt hatte, und immer wieder die Schilder darauf las. Ein scharfer Geruch wie von brennendem Packpapier erfüllte das Gefängnis.

Endlich hob der Prinz das Gesicht aus der Schüssel und holte tief Luft. Und alle Tiere schrien vor Überraschung auf.

Denn das Gesicht des Prinzen war so weiß wie Schnee geworden und seine Augen, vorher lehmfarbig, zeigten ein mannhaftes Grau.

Als John Dolittle ihm einen kleinen Spiegel reichte, in dem er sich betrachten konnte, sang er vor Freude und begann, im Gefängnis herumzutanzen. Aber der Doktor bat ihn, nicht so einen Lärm zu machen; und als er eilig seine Medizintasche geschlossen hatte, sagte er ihm, er solle die Gefängnistür öffnen.

Bumpo bat darum, den Spiegel behalten zu dürfen, da es der einzige im Königreich Jolliginki war, und er wollte sich darin den ganzen Tag lang betrachten. Aber der Doktor sagte, er brauche ihn zum Rasieren.

Dann zog der Prinz einen Bund kupferner Schlüssel aus der Tasche und öffnete die großen Doppelschlösser. Und der Doktor und all seine Tiere liefen, so schnell sie nur konnten, zur Küste hinab, während Bumpo sich an die Mauer des leeren Verlieses lehnte und glücklich hinter ihnen herlächelte; im Licht des Mondes glänzte sein großes Gesicht wie poliertes Elfenbein.

Als sie an den Strand kamen, sahen sie, dass Polynesia und Tschi-Tschi sie auf den Felsen neben dem Schiff erwarteten.

»Bumpo tut mir leid«, sagte der Doktor. »Ich fürchte, diese Medizin, die ich benutzt habe, kann gar nicht lange halten. Wahrscheinlich wird er, wenn er morgen aufwacht, so schwarz sein wie vorher – das ist einer der Gründe, warum ich ihm den Spiegel nicht dalassen wollte. Aber andererseits, vielleicht bleibt er auch weiß – ich habe diese Mixtur noch nie verwendet. Um die Wahrheit zu sagen, ich war selbst überrascht, dass sie so gut wirkt. Aber ich musste etwas unternehmen, oder? Ich kann doch unmöglich den Rest meines Lebens die Küche des Königs schrubben. So eine schmutzige Küche! Vom Gefängnisfenster aus konnte ich sie sehen. Tja, tja! Armer Bumpo!«

»Ach, natürlich wird er merken, dass wir ihm nur einen Streich gespielt haben«, sagte der Papagei.

»Die hatten kein Recht, uns einzusperren«, sagte Dab-Dab und wackelte ärgerlich mit dem Schwanz. »Wir haben ihnen nie was Böses getan. Geschieht ihm recht, wenn er wirklich wieder schwarz wird! Hoffentlich wird's ein dunkles Schwarz.«

»Aber er hatte doch gar nichts damit zu tun«, sagte der Doktor. »Es war der König, sein Vater, der uns eingesperrt hat – Bumpo hatte keine Schuld ... Ich überlege, ob ich nicht zurückgehen und mich entschuldigen sollte. – Ach, ich werde ihm Süßigkeiten schicken, wenn ich wieder in Puddleby bin. Und wer weiß? Vielleicht bleibt er ja doch weiß.«

»Dornröschen würde ihn nie nehmen, auch wenn er weiß bleibt«, sagte Dab-Dab. »Ich finde, früher hat er besser ausgesehen. Er wird aber nie etwas anderes als hässlich sein, ganz gleich, welche Farbe er hat.«

»Trotzdem, er hat ein gutes Herz«, sagte der Doktor. »Romantisch, natürlich – aber ein gutes Herz. Schließlich: Schön ist, wer schön handelt.«

»Ich glaube nicht, dass der arme Tölpel Dornröschen überhaupt gefunden hat«, sagte Jip der Hund. »Wahrscheinlich hat er die dicke Frau von irgendeinem Bauern geküsst, die unter einem Apfelbaum ein Schläfchen hielt. Kann man ihr nicht übel nehmen, dass sie sich erschreckt hat! Ich frag mich, wen er wohl diesmal küssen wird. Albener Kram!«

Dann gingen das Stoßmich-Ziehdich, die weiße Maus, Göb-Göb, Dab-Dab, Jip und die Eule Tuh-Tuh mit dem Doktor an Bord. Aber Tschi-Tschi, Polynesia und das Krokodil blieben zurück, denn sie waren ja in ihrer richtigen Heimat – dem Land, wo sie geboren waren.

Und als der Doktor auf dem Schiff stand, blickte er über die Reling auf das Wasser. Und da fiel ihm ein, dass sie keinen bei sich hatten, der sie zurück nach Puddleby leiten konnte.

Das weite, weite Meer sah schrecklich groß und einsam aus im Mondlicht; und er fragte sich, ob sie sich wohl verirren würden, wenn sie das Land nicht mehr sehen konnten.

Aber noch während er darüber nachdachte, hörte er ein seltsames Wispern hoch oben in der Luft, das durch die Nacht näher kam. Und alle Tiere hörten mit dem Abschiednehmen auf und lauschten.

Das Wispern wurde lauter und lauter. Es schien sich zu nähern – es klang wie der Herbstwind, wenn er durch die Blätter einer Pappel weht, oder wie ein sehr schwerer Regen, der auf ein Strohdach prasselt.

Und Jip, die Nase nach oben gerichtet und den Schwanz gerade ausgestreckt, sagte: »Vögel! Millionen von Vögeln, die schnell fliegen – das ist es!«

Da schauten sie alle hinauf und sahen Tausende und Abertausende kleiner Vögel, die wie ein ungeheurer

Schwarm winziger Ameisen über das Gesicht des Mondes zogen. Bald schien der ganze Himmel von ihnen erfüllt zu sein, und noch immer kamen neue – immer mehr und mehr.

Es waren so viele, dass sie einige Zeit den ganzen Mond verdeckten, sodass er nicht scheinen konnte und das Meer erst dunkel und dann schwarz wurde – wie wenn eine Gewitterwolke vor die Sonne zieht.

Und bald kamen all diese Vögel herunter, strichen dicht über Wasser und Land; und der Nachthimmel über ihnen wurde wieder klar, und der Mond schien wie zuvor. Aber noch immer ließen sie keinen Ruf, keinen Schrei und kein Lied ertönen – kein Laut war zu hören außer dem gewaltigen Rauschen der Federn, das jetzt noch gewaltiger klang als zuvor.

Als sie sich allmählich niederließen, auf dem Sand, auf den Tauen des Schiffs – überall, nur nicht auf den Bäumen –, da konnte der Doktor sehen, dass sie blaue Flügel hatten und weiße Brüste und sehr kurze, gefiederte Beine. Sobald sie alle einen Platz zum Sitzen gefunden hatten, war plötzlich nichts mehr zu hören – alles war ruhig, alles war still.

Und im sanften Mondlicht sagte John Dolittle: »Ich hatte keine Ahnung, dass wir so lange hier waren. Es wird fast Sommer sein, wenn wir nach Hause kommen. Das sind nämlich die Schwalben, die zurückfliegen. Schwalben, ich danke euch, dass ihr auf uns gewartet habt. Das ist sehr aufmerksam von euch. Jetzt brauchen wir keine

Angst zu haben, dass wir uns auf See verirren … Lichtet den Anker und setzt die Segel!«

Als das Schiff aufs Wasser hinausglitt, wurden Tschi-Tschi, Polynesia und das Krokodil, die zurückblieben, schrecklich traurig. Denn nie in ihrem Leben hatten sie jemanden gekannt, den sie so sehr mochten wie Doktor John Dolittle aus Puddleby auf der Marsch.

Und nachdem sie ihm wieder und wieder Lebewohl zugerufen hatten, standen sie noch lange auf den Felsen, weinten bitterlich und winkten, bis das Schiff außer Sicht war.

13. Kapitel

Rote Segel und blaue Flügel

So segelten sie heim und dabei musste das Schiff des Doktors die Küste der Barbarei passieren. Diese Küste ist das Gestade der Großen Wüste. Es ist eine wilde, einsame Gegend – lauter Sand und Steine. Und dort lebten die Piraten der Barbarei.

Diese Piraten, ein böses Gesindel, lauerten dort Seeleuten auf, die an ihrer Küste Schiffbruch erlitten. Und oft, wenn sie ein Schiff vorbeifahren sahen, kamen sie mit ihren schnellen Segelbooten hervor und jagten es. Wenn sie so ein Schiff auf See erwischt hatten, raubten sie, was darauf war; und nachdem sie die Leute fortgeschleppt hatten, versenkten sie das Schiff und segelten zurück zur Küste der Barbarei, sangen Lieder und waren stolz auf das Unheil, das sie angerichtet hatten. Dann ließen sie die Leute, die sie gefangen hatten, nach Hause an ihre Freunde um Geld schreiben. Und wenn die Freunde kein Geld schickten, warfen die Piraten die Leute oft ins Meer.

Eines sonnigen Tages gingen der Doktor und Dab-Dab auf dem Schiff hin und her, um sich Bewegung zu verschaffen; ein schöner frischer Wind trieb das Schiff vor-

wärts, und alle waren fröhlich. Plötzlich sah Dab-Dab das Segel eines anderen Schiffs, weit hinter ihnen am Rand des Meeres. Es war ein rotes Segel.

»Gefällt mir nicht, wie das Segel da aussieht«, sagte Dab-Dab. »Ich hab das Gefühl, das ist kein freundliches Schiff. Ich fürchte, wir kriegen noch Ärger.«

Jip, der in der Nähe lag und in der Sonne ein Schläfchen hielt, begann zu knurren und im Schlaf zu sprechen.

»Ich rieche Rinderbraten«, brummte er, »nicht ganz durch, mit brauner Sauce.«

»Ach du liebe Zeit!«, rief der Doktor. »Was ist mit dem Hund los? Riecht er im Schlaf – und redet noch dazu?«

»Sieht so aus«, sagte Dab-Dab. »Alle Hunde können im Schlaf riechen.«

»Aber was riecht er?«, sagte der Doktor. »Auf unserem Schiff wird kein Rindfleisch gebraten.«

»Nein«, sagte Dab-Dab. »Das muss es wohl auf dem Schiff da drüben geben.«

»Aber das ist zehn Meilen weit weg«, sagte der Doktor. »So weit kann er doch bestimmt nicht riechen!«

»Doch, kann er«, sagte Dab-Dab. »Fragen Sie ihn nur.«

Jip, immer noch im tiefen Schlaf, begann wieder zu knurren, zog die Oberlippe grimmig hoch und bleckte die sauberen weißen Zähne.

»Ich rieche schlechte Menschen«, knurrte er, »die schlimmsten, die ich je gerochen habe. Ich rieche Ärger. Ich rieche einen Kampf – sechs böse Schurken gegen einen braven Mann. Ich möchte ihm helfen. Wau-uu – wa-uf!« Dann bellte er so laut, dass er davon ganz erstaunt aufwachte.

»Seht mal!«, rief Dab-Dab. »Das Schiff kommt näher. Man kann drei große Segel sehen – alle rot. Wer auch immer das ist – er ist hinter uns her … Ich frag mich, wer das sein mag.«

»Das sind böse Seefahrer«, sagte Jip, »und ihr Schiff ist sehr schnell. Das sind bestimmt die Piraten der Barbarei.«

»Also müssen wir mehr Segel setzen«, sagte der Doktor, »damit wir schneller fahren können und ihnen entkommen. Lauf runter, Jip, und bring mir alle Segel, die du siehst.«

Der Hund lief nach unten und schleppte alle Segel hinauf, die er finden konnte.

Aber auch als diese alle an den Masten hingen, um den Wind einzufangen, fuhr das Schiff längst nicht so schnell wie das der Piraten, das immer näher und näher kam.

»Der Prinz hat uns ein armseliges Schiff gegeben«, sagte Göb-Göb das Schwein. »Das langsamste, das er finden konnte. Wer mit diesem alten Kahn denen da entkommen will, der kann genauso gut versuchen, in einer Suppenschüssel ein Rennen zu gewinnen. Seht mal, wie nah sie jetzt sind! Man kann schon die Schnurrbärte auf den Gesichtern der Männer sehen – sechs sind es. Was sollen wir machen?«

Da bat der Doktor Dab-Dab, zu den Schwalben hinaufzufliegen und ihnen zu sagen, dass Piraten in einem schnellen Schiff hinter ihnen her waren, und zu fragen, was er dagegen tun sollte.

Als die Schwalben das hörten, kamen sie alle auf das Schiff des Doktors herunter, und sie sagten, er solle ein paar lange Stücke Tau aufriffeln und daraus so schnell wie möglich eine Menge dünner Fäden machen. Dann wurden die Enden der Fäden vorn ans Schiff gebunden; und die Schwalben nahmen die Fäden in ihre Krallen, flogen los und zogen das Schiff mit sich.

Zwar sind nur eine oder zwei Schwalben nicht besonders stark, aber es ist doch etwas ganz anderes, wenn sich sehr viele zusammentun. Und an das Schiff des Doktors waren tausend Fäden gebunden; und an jedem zogen zweitausend Schwalben – alle sehr schnelle Flieger.

Und von einem Moment zum anderen fuhr das Schiff

so rasch, dass der Doktor seinen Hut mit beiden Händen festhalten musste; es war nämlich, als ob das Schiff selbst über die Wellen flöge, die bei dem Tempo schäumten und brodelten.

Und alle Tiere auf dem Schiff begannen, zu lachen und in der sausenden Luft herumzutanzen, denn als sie zum Piratenschiff zurückblickten, sahen sie, dass es jetzt immer kleiner wurde statt größer. Die roten Segel blieben weit, weit zurück.

14. Kapitel

Die Warnung der Ratten

Das Schiff durchs Meer zu schleppen, war harte Arbeit. Und nach zwei oder drei Stunden kriegten die Schwalben müde Flügel und gerieten außer Atem. Da schickten sie eine Botschaft zum Doktor hinunter, dass sie sich bald ausruhen müssten und dass sie das Schiff zu einer nicht weit entfernten Insel ziehen und in einer tiefen Bucht verstecken würden, bis sie wieder zu Atem gekommen wären.

Und bald sah der Doktor die Insel, von der sie gesprochen hatten. In der Mitte stand ein sehr schöner, hoher, grüner Berg.

Als das Schiff sicher in die Bucht gesegelt war, wo man es vom offenen Meer aus nicht sehen konnte, sagte der Doktor, er wolle an Land gehen und auf der Insel Wasser suchen – weil es an Bord kein Trinkwasser mehr gab. Und er sagte allen Tieren, sie sollten auch herauskommen und auf dem Gras herumtollen, um sich die Beine zu vertreten.

Als sie gerade ausstiegen, bemerkte der Doktor, dass eine Menge Ratten aus dem Schiffsrumpf heraufkam und ebenfalls das Schiff verließ. Jip wollte ihnen nachrennen, weil Ratten zu hetzen immer sein Lieblingsspiel gewesen war. Aber der Doktor sagte, er solle es lassen.

Und eine große schwarze Ratte, die anscheinend dem Doktor etwas sagen wollte, kroch nun scheu die Reling entlang, wobei sie den Hund aus den Augenwinkeln beobachtete. Und nachdem sie zwei- oder dreimal nervös gehustet, sich den Bart gesäubert und den Mund gewischt hatte, sagte sie: »Em – eh – Doktor, Sie wissen natürlich, dass auf allen Schiffen Ratten sind, nicht wahr?«

Und der Doktor sagte: »Ja.«

»Und Sie haben auch gehört, dass Ratten ein sinkendes Schiff immer verlassen?«

»Ja«, sagte der Doktor, »das hat man mir erzählt.«

»Die Menschen«, sagte die Ratte, »reden davon immer ganz abfällig, als ob das irgendwie schändlich wäre. Aber man kann uns da doch nichts vorwerfen, oder? Wer bleibt denn wohl auf einem sinkenden Schiff, wenn er es verlassen kann?«

»Das ist nur natürlich«, sagte der Doktor, »ganz natürlich. Ich verstehe das durchaus ... Gab es – gibt es sonst noch etwas, was du mir sagen willst?«

»Ja«, sagte die Ratte. »Ich wollte Ihnen sagen, dass wir dieses Schiff verlassen. Aber wir wollten Sie warnen, bevor wir gehen. Sie haben ein schlechtes Schiff. Es ist nicht sicher. Die Bordwände sind nicht dick genug. Die Planken sind verfault. Noch vor morgen Abend wird es auf den Meeresboden sinken.«

»Aber wie kannst du das wissen?«, fragte der Doktor.

»Wir wissen das immer«, sagte die Ratte. »Wir kriegen dann so ein Prickeln in der Schwanzspitze – wie wenn einem der Fuß einschläft. Heute Morgen um sechs Uhr, beim Frühstück, hat mein Schwanz plötzlich angefangen zu prickeln. Zuerst dachte ich, es geht wieder los mit meinem Rheuma. Deshalb bin ich zu meiner Tante gegangen und hab sie gefragt, wie es ihr geht – erinnern Sie sich noch an sie? Die lange, scheckige Ratte, ziemlich mager, die voriges Frühjahr in Puddleby mit Gelbsucht bei Ihnen war? Also, die hat gesagt, dass ihr Schwanz auch prickelt wie nur was! Da waren wir dann ganz sicher, dass dieses Schiff in weniger als zwei Tagen sinken wird; und wir alle haben beschlossen, es zu verlassen, sobald wir nah genug ans Land kommen. Es ist ein schlechtes Schiff, Doktor. Fahren Sie damit nicht weiter, sonst ertrinken Sie bestimmt … Leben Sie wohl! Wir sehen uns jetzt auf der Insel nach einem guten Platz zum Leben um.«

»Leb wohl!«, sagte der Doktor. »Und vielen Dank, dass du mich gewarnt hast. Sehr rücksichtsvoll von dir – wirklich! Grüß bitte deine Tante von mir. Ich kann mich gut an sie erinnern … Lass die Ratte in Ruh, Jip! Hierher! Leg dich hin!«

Dann zogen der Doktor und all seine Tiere los; sie nahmen Eimer und Kochtöpfe mit, um auf der Insel Wasser zu suchen, während die Schwalben sich ausruhten.

»Ich frag mich, wie diese Insel wohl heißt«, sagte der Doktor, als er den Berghang hinaufstieg. »Scheint ganz hübsch hier zu sein. Und was für eine Menge Vögel es hier gibt!«

»Das sind doch die Kanarischen Inseln«, sagte Dab-Dab. »Hören Sie denn die Kanarienvögel nicht singen?«

Der Doktor hielt an und lauschte.

»Aber ja, natürlich!«, sagte er. »Wie dumm von mir! Ob sie uns wohl sagen können, wo es Wasser gibt?«

Und bald kamen die Kanarienvögel, die von den Zugvögeln alles über Doktor Dolittle gehört hatten, und führten sie zu einer schönen Quelle kühlen, klaren Wassers, wo die Kanarienvögel immer badeten, und zeigten ihnen schöne Wiesen, auf denen Vogelfutter wuchs, und alle anderen Sehenswürdigkeiten der Insel. Und das Stoßmich-Ziehdich freute sich, dass sie hierhergekommen waren, denn es mochte grünes Gras viel lieber als die getrockneten Äpfel, die es auf dem Schiff zu essen bekam. Und Göb-Göb quiekte vor Wonne, als es ein ganzes Tal voll mit wildem Zuckerrohr fand.

Ein wenig später, als alle sich satt gegessen und getrunken hatten und auf dem Rücken lagen, während ihnen die Kanarienvögel etwas vorsangen, eilten zwei der Schwalben herbei, ganz atemlos und aufgeregt.

»Doktor!«, riefen sie. »Die Piraten sind in der Bucht angekommen und sind alle auf Ihr Schiff geklettert. Sie sind unter Deck und suchen nach Dingen, die sie stehlen können. Ihr eigenes Schiff haben sie unbewacht zurückgelassen. Wenn Sie sich beeilen, runter zum Strand, können Sie auf deren Schiff klettern und damit fliehen – es ist sehr schnell. Aber Sie müssen sich beeilen.«

»Eine glänzende Idee«, sagte der Doktor, »sehr gut!«

Und sofort rief er seine Tiere zusammen, sagte den Kanarienvögeln Lebewohl und lief zum Ufer hinunter.

Als sie an den Strand kamen, sahen sie das Piratenschiff mit den drei roten Segeln im Wasser liegen; und genau wie die Schwalben gesagt hatten, war niemand darauf; alle Piraten suchten auf dem Schiff des Doktors unter Deck nach Dingen, die sie stehlen konnten.

Da sagte John Dolittle seinen Tieren, sie sollten ganz leise sein, und alle schlichen auf das Piratenschiff.

15. Kapitel

Der Drache der Barbarei

Es wäre alles gut gegangen, wenn das Schwein sich nicht einen Schnupfen geholt hätte, als es auf der Insel das feuchte Zuckerrohr aß. Aber nachdem sie den Anker geräuschlos hochgezogen hatten und das Schiff sehr, sehr vorsichtig aus der Bucht fuhren, nieste Göb-Göb plötzlich so laut, dass die Piraten auf dem anderen Schiff an Deck gestürzt kamen, um festzustellen, was das für ein Geräusch war.

Sobald sie sahen, dass der Doktor fliehen wollte, segelten sie das andere Schiff quer vor die Einfahrt der Bucht, sodass der Doktor nicht auf die offene See hinauskonnte.

Dann drohte der Anführer dieser schlimmen Männer, der sich Ben Ali, der Drache, nannte, dem Doktor mit der Faust und schrie übers Wasser: »Ha! Ha! Haben wir dich erwischt, Freundchen! Du wolltest wohl mit meinem Schiff abhauen, was? Als Seemann bist du aber nicht gut genug, um Ben Ali, den Drachen der Barbarei, zu schlagen. Ich will deine Ente da haben, und das Schwein auch. Wir werden heute Abend Schweinekoteletts und Entenbraten essen. Und bevor ich dich heimreisen lasse, musst du erst dafür sorgen, dass mir deine Freunde einen Koffer voll Gold schicken.«

Das arme Göb-Göb begann zu weinen, und Dab-Dab machte sich bereit, davonzufliegen, um ihr Leben zu retten. Aber die Eule Tuh-Tuh flüsterte dem Doktor zu: »Bringen Sie ihn zum Reden, Doktor. Seien Sie freundlich zu ihm. Unser altes Schiff muss bald untergehen – die Ratten haben gesagt, es würde vor morgen Abend auf dem Meeresboden liegen – und die Ratten irren sich nie. Seien Sie freundlich, bis das Schiff unter ihm sinkt. Sorgen Sie dafür, dass er weiterredet.«

»Was, bis morgen Abend!«, sagte der Doktor. »Na gut, ich will mein Bestes tun ... Mal sehen. – Worüber soll ich denn reden?«

»Ach, lasst sie nur kommen«, sagte Jip. »Wir werden mit den schmutzigen Schurken schon fertig. Es sind ja nur sechs. Sollen sie doch kommen. Wenn wir wieder zu Hause sind, würde ich dem Collie von nebenan gern erzählen, dass ich einen richtigen Seeräuber gebissen habe. Lasst sie nur kommen. Mit denen werden wir fertig.«

»Aber sie haben Pistolen und Schwerter«, sagte der Doktor. »Nein, das hat keinen Sinn. Ich muss mich mit ihm unterhalten ... Jetzt hör mal, Ben Ali –«

Aber noch ehe der Doktor weitersprechen konnte, begannen die Piraten, das Schiff näher heranzubringen; sie lachten vor Schadenfreude und sagten zueinander: »Wer fängt wohl das Schwein als Erster?«

Das arme Göb-Göb hatte schreckliche Angst; und das

Stoßmich-Ziehdich begann, seine Hörner für den Kampf zu schärfen, indem es sie am Schiffsmast rieb, während Jip immer wieder in die Luft sprang und bellte und Ben Ali in der Hundesprache Schimpfwörter zurief.

Aber plötzlich schien etwas bei den Piraten schiefzugehen; sie hörten auf, zu lachen und Witze zu reißen; sie sahen verdutzt drein; irgendetwas beunruhigte sie.

Plötzlich brüllte Ben Ali, der auf seine Füße gestarrt hatte: »Donner und Blitz! – Männer, das Schiff ist leck!«

Da guckten auch die anderen Piraten über die Reling und sahen, dass das Schiff tatsächlich tiefer und tiefer sank. Und einer von ihnen sagte zu Ben Ali: »Aber wenn dieses alte Schiff wirklich sinkt, müssten wir doch sehen, wie die Ratten es verlassen.«

Und Jip schrie vom anderen Schiff herüber: »Ihr großen Trottel, es gibt gar keine Ratten mehr, die es noch verlassen könnten! Die sind schon vor zwei Stunden weg! Selber ›Ha, ha, Freundchen‹!«

Aber natürlich verstanden die Männer ihn nicht. Bald begann der Bug des Schiffs, tiefer und tiefer zu sacken, immer schneller, bis das Schiff beinahe aussah, als stünde es auf dem Kopf; und die Piraten mussten sich an der Reling und den Masten und den Tauen und überhaupt an allem festhalten, um nicht herunterzurutschen. Dann stürzte das Wasser brüllend durch die Fenster und Türen hinein. Und endlich sank das Schiff unter furchtbarem Gurgeln bis auf den Meeresgrund hinab; und die sechs bösen Männer schaukelten im tiefen Wasser der Bucht.

Einige von ihnen begannen, zum Strand der Insel zu schwimmen, während andere versuchten, auf das Schiff des Doktors zu klettern. Aber Jip schnappte immer wieder nach ihren Nasen, sodass sie Angst davor hatten, die Bordwand hochzuklettern.

Dann schrien sie alle plötzlich in größter Angst: »Die Haie! Die Haie kommen! Lasst uns aufs Schiff, bevor sie uns fressen! Hilfe! Hilfe! – Die Haie! Die Haie!«

Und nun konnte der Doktor in der ganzen Bucht die Rücken großer Fische sehen, die schnell durchs Wasser schwammen. Und ein großer Hai kam dicht ans Schiff, reckte die Nase aus dem Wasser und sagte zum Doktor: »Sind Sie John Dolittle, der berühmte Tierarzt?«

»Ja«, sagte Doktor Dolittle, »der bin ich.«

»Also«, sagte der Hai, »wir wissen, dass diese Piraten ein schlimmes Gesindel sind – besonders Ben Ali. Wenn die Ihnen Ärger machen, werden wir sie gern für Sie essen – dann behelligen die Sie nicht mehr.«

»Danke schön«, sagte der Doktor. »Das ist wirklich sehr aufmerksam. Aber ich glaube, es wird nicht nötig sein, sie zu essen. Lasst keinen zum Ufer, bis ich es sage – lasst sie nur immer schwimmen. Und bringt Ben Ali bitte zu mir, damit ich mit ihm reden kann.«

Da schwamm der Hai fort und jagte Ben Ali zum Doktor hinüber.

»Hör zu, Ben Ali«, sagte John Dolittle und lehnte sich über die Bordwand, »du bist ein sehr böser Mensch gewesen, und soweit ich weiß, hast du viele Leute umgebracht. Diese netten Haie hier haben mir eben angeboten, euch für mich aufzuessen – und es wäre wirklich gut, das Meer von euch zu befreien. Aber wenn du versprichst, zu tun, was ich dir sage, werde ich dich heil ziehen lassen.«

»Was soll ich tun?«, fragte der Pirat; er schielte seitwärts auf den Hai hinab, der unter Wasser an einem seiner Beine schnüffelte.

»Du sollst keine Menschen mehr töten«, sagte der Doktor. »Du musst aufhören zu rauben; du darfst nie wieder ein Schiff versenken; du musst mit der Seeräuberei ganz Schluss machen.«

»Aber was soll ich denn tun?«, fragte Ben Ali. »Wovon soll ich leben?«

»Du und alle deine Leute, ihr sollt auf dieser Insel leben und Vogelfutter-Bauern werden«, antwortete der Doktor. »Ihr sollt Vogelfutter für die Kanarienvögel anbauen.«

Der Drache der Barbarei wurde bleich vor Wut. »Vogelfutter anbauen!«, stöhnte er angewidert. »Darf ich nicht Seemann bleiben?«

»Nein«, sagte der Doktor, »das darfst du nicht. Du bist lange genug Seemann gewesen – und hast viele stolze Schiffe und gute Menschen auf den Meeresboden geschickt. Den Rest deines Lebens sollst du ein friedlicher Bauer sein. Der Hai wartet. Vergeude nicht noch mehr von seiner Zeit. Entschließe dich.«

»Donner und Blitz!«, murmelte Ben Ali. »Vogelfutter!« Dann blickte er wieder hinab ins Wasser und sah, wie der große Hai an seinem anderen Bein schnüffelte.

»Na schön«, sagte er traurig. »Wir werden Bauern.«

»Und denk daran«, sagte der Doktor, »wenn du dein Versprechen nicht hältst, wenn du wieder anfängst, zu töten und zu rauben, dann erfahre ich es, weil die Kanarienvögel kommen und es mir erzählen werden. Du kannst dich darauf verlassen, dass ich einen Weg finde, dich zu bestrafen. Vielleicht kann ich ein Schiff nicht so gut segeln wie du, aber solange die Vögel und die Tiere und die Fische meine Freunde sind, brauche ich keine Angst vor einem Piratenhäuptling zu haben – und wenn er sich auch der Drache der Barbarei nennt. Nun geh, werd ein guter Bauer und leb in Frieden.«

Dann wandte sich der Doktor an den großen Hai, winkte ihm und sagte: »In Ordnung. Lasst sie an Land schwimmen.«

16. Kapitel

Tuh-Tuh, die Lauscherin

Herzlich dankten sie den Haien noch einmal für ihre Freundlichkeit; dann machten sich der Doktor und seine Tiere wieder auf die Heimreise in dem schnellen Schiff mit den drei roten Segeln.

Als sie aufs offene Meer hinausfuhren, gingen alle Tiere nach unten, um zu gucken, wie ihr neues Schiff von innen aussah, während der Doktor mit seiner Pfeife im Mund an der Heckreling des Schiffs lehnte und zusah, wie die Kanarischen Inseln im blauen Dunst des Abends verschwanden.

Während er dort stand und sich fragte, was wohl die Affen machten – und wie sein Garten aussehen würde, wenn er nach Puddleby heimkam, stolperte Dab-Dab die Stufen herauf, mit einem breiten Lächeln und voller Neuigkeiten.

»Doktor!«, rief sie. »Dieses Piratenschiff ist einfach herrlich, ganz wunderbar. Die Betten unten sind aus blassgelber Seide, mit Hunderten großer Kissen und Polster; auf dem Boden liegen dicke weiche Teppiche; das Geschirr ist aus Silber, und es gibt alle möglichen feinen Sachen zu essen und zu trinken – ausgefallene Sachen; die Speisekammer, also die ist fast wie ein Laden. So was haben Sie im ganzen Leben nicht gesehen! Stellen Sie sich bloß vor – diese Männer haben sich fünf verschiedene Sorten Sardinen angeschafft! Kommen Sie, sehen Sie sich's an … Ach ja, und wir haben unten einen kleinen Raum gefunden, mit abgeschlossener Tür, und wir sind alle ganz wild darauf, reinzukommen und zu sehen, was es da gibt. Jip sagt, da hätten die Piraten wohl ihren Schatz verstaut. Aber wir kriegen die Tür nicht auf. Kommen Sie runter, vielleicht können Sie uns die ja aufmachen.«

Also ging der Doktor nach unten und sah, dass es wirklich ein wunderbares Schiff war. Er fand die Tiere vor einer kleinen Tür versammelt, alle redeten durcheinander und versuchten zu erraten, was dahinter war. Der Doktor drückte auf die Klinke, aber die Tür ließ sich nicht öffnen. Da fingen sie alle an, nach dem Schlüssel zu suchen. Sie sahen unter die Fußmatte; sie sahen unter alle Teppiche; sie sahen in alle Schränke und Schubladen und Spinde, auch in die großen Truhen im Speisesaal des Schiffs – sie suchten überall.

Dabei entdeckten sie eine Menge neuer wunderbarer Dinge, die die Piraten von anderen Schiffen gestohlen haben mussten. Kaschmirschals so dünn wie Spinnweben, bestickt mit Goldblumen; Töpfe voll von feinem Tabak aus Jamaika; geschnitzte Elfenbeinkistchen mit russischem Tee; eine alte Geige mit einer zerrissenen Saite und einem Bild auf der Rückseite; einen Satz großer Schachfiguren, aus Korallen und Bernstein geschnitzt; einen Spazierstock mit einem Schwert darin, das herauskam, wenn man am Griff zog; sechs Weingläser mit türkisfarbenen und silbernen Streifen am Rand; und eine wunderschöne große Zuckerschale aus Perlmutt. Aber nirgendwo im ganzen Schiff konnten sie einen Schlüssel finden, der in das Schloss passte.

Deshalb kamen alle zurück zur Tür und Jip spähte durchs Schlüsselloch. Aber irgendetwas war von innen gegen die Tür gelehnt worden und er konnte nichts sehen.

Als sie so herumstanden und sich fragten, was sie tun sollten, sagte die Eule Tuh-Tuh plötzlich: »Scht! – Seid still! – Ich glaube, da ist jemand drin!«

Alle waren einen Augenblick leise. Dann sagte der Doktor: »Du musst dich irren, Tuh-Tuh. Ich höre nichts.«

»Ich bin ganz sicher«, sagte die Eule. »Scht! – Da ist es wieder – hört ihr es denn nicht?«

»Nein, ich höre nichts«, sagte der Doktor. »Was für ein Geräusch ist es denn?«

»Ich höre jemand, der die Hand in die Tasche steckt«, sagte die Eule.

»Aber das macht doch fast kein Geräusch«, sagte der Doktor. »Das könntest du hier draußen nicht hören.«

»Entschuldigung, kann ich sehr wohl«, sagte Tuh-Tuh. »Ich sage Ihnen, auf der anderen Seite der Tür steckt jemand die Hand in die Tasche. Fast alles macht irgendein Geräusch – wenn man nur genügend scharfe Ohren hat, um es zu hören. Fledermäuse können hören, wenn ein Maulwurf durch seinen Gang unter der Erde läuft – und die bilden sich ein, sie hätten feine Ohren. Aber wir Eulen können mit nur einem Ohr die Farbe einer jungen Katze erkennen, an der Art, wie sie im Dunkeln blinzelt.«

»Also so was!«, sagte der Doktor. »Du überraschst mich. Das ist sehr interessant … Lausch noch einmal, und sag mir, was er jetzt tut.«

»Ich weiß noch nicht genau«, sagte Tuh-Tuh, »ob es überhaupt ein Mann ist. Vielleicht ist es eine Frau. Heben Sie mich hoch und lassen Sie mich am Schlüsselloch horchen, dann kann ich's Ihnen gleich sagen.«

Also hob der Doktor die Eule hoch und hielt sie dicht ans Schlüsselloch.

Nach einem Moment sagte Tuh-Tuh: »Jetzt reibt er sich mit der linken Hand das Gesicht. Es ist eine kleine Hand und ein kleines Gesicht. Es könnte eine Frau sein – nein. Jetzt streicht er sich das Haar aus der Stirn – es ist doch ein Mann.«

»Frauen tun das manchmal auch«, sagte der Doktor.

»Stimmt«, sagte die Eule. »Aber dabei macht ihr langes Haar ein ganz anderes Geräusch … Scht! Haltet doch mal das zappelige Schwein ruhig. Und jetzt alle einen Moment den Atem anhalten, damit ich gut hören kann. Was ich jetzt tue, ist ziemlich schwierig – und diese blöde Tür ist so dick! Scht! Alles ruhig jetzt – Augen zu und nicht atmen.«

Tuh-Tuh beugte sich herab und lauschte wieder sehr angestrengt und lange. Schließlich sah sie zum Doktor auf und sagte: »Der Mann da drinnen ist unglücklich. Er weint. Er gibt sich Mühe, nicht zu schluchzen oder zu schnüffeln, damit wir nicht merken, dass er weint. Aber ich habe ganz deutlich gehört, dass eine Träne auf seinen Ärmel gefallen ist.«

»Wie kannst du wissen, dass es nicht ein Wassertropfen war, der von der Decke auf ihn gefallen ist?«, fragte Göb-Göb.

»Pah – solche Unwissenheit!«, schnaufte Tuh-Tuh. »Ein Wassertropfen, der von der Decke fällt, würde zehnmal so viel Lärm machen!«

»Also«, sagte der Doktor, »wenn der arme Kerl unglücklich ist, müssen wir hinein und sehen, was mit ihm los ist. Besorgt mir eine Axt, dann schlage ich die Tür ein.«

17. Kapitel

Die Klatschbasen des Ozeans

Rasch wurde eine Axt geholt. Und bald hatte der Doktor ein Loch in die Tür geschlagen, groß genug zum Durchklettern.

Zuerst konnte er überhaupt nichts sehen, so dunkel war es drinnen. Deshalb machte er ein Streichholz an. Der Raum war ganz klein, ohne Fenster und mit niedriger Decke. Außer einem kleinen Schemel gab es keine Möbel. Rings an den Wänden standen große Fässer, die am Boden befestigt waren, damit sie nicht umfielen, wenn das Schiff in den Wellen rollte; und über den Fässern hingen an hölzernen Haken Zinnkrüge in allen Größen. Es roch sehr stark nach Wein. Und mitten auf dem Boden saß ein kleiner Junge, etwa acht Jahre alt, und weinte bitterlich.

»Ich sag euch, das ist die Rumkammer der Piraten!«, flüsterte Jip.

»Rum? Drum!«, sagte Göb-Göb. »Von dem Geruch dreht sich mir alles rum.«

Der kleine Junge schien sich sehr zu fürchten vor dem Mann, der da stand, und vor all den Tieren, die durch das Loch in der aufgebrochenen Tür starrten. Aber sobald er im Licht des Streichholzes John Dolittles Gesicht sah, weinte er nicht mehr, sondern stand auf.

»Sie sind keiner von den Piraten, oder?«, fragte er.

Und als der Doktor den Kopf in den Nacken legte und lange und laut lachte, lächelte der kleine Junge auch und kam zu ihm und gab ihm die Hand.

»Sie lachen wie ein Freund«, sagte er, »nicht wie ein Pirat. Können Sie mir sagen, wo mein Onkel ist?«

»Ich fürchte, das kann ich nicht«, sagte der Doktor. »Wann hast du ihn zuletzt gesehen?«

»Vorgestern«, sagte der Junge. »Ich und mein Onkel waren in unserem kleinen Boot zum Fischen gefahren, als die Piraten gekommen sind und uns gefangen haben. Sie haben unser Fischerboot versenkt und uns beide auf dieses Schiff gebracht. Meinem Onkel haben sie gesagt, er soll ein Pirat werden wie sie – er kann nämlich ein Schiff bei jedem Wetter segeln. Aber er hat gesagt, er will kein Seeräuber werden, weil Leute umbringen und Sachen stehlen keine Arbeit für einen guten Fischer ist. Da ist der Anführer, Ben Ali, ganz wütend geworden, hat mit den Zähnen geknirscht und gesagt, sie würden meinen Onkel ins Meer werfen, wenn er nicht tut, was sie sagen. Mich haben sie nach unten geschickt; aber ich hab gehört, wie oben gekämpft wurde. Und als sie mich am nächsten Tag wieder nach oben gelassen haben, war von meinem Onkel nichts zu sehen. Ich hab die Piraten gefragt, wo er ist, aber sie wollten es mir nicht sagen. Ich hab große Angst, dass sie ihn ins Meer geworfen und ertränkt haben.«

Und der kleine Junge begann wieder zu weinen.

»Na – nun warte doch mal«, sagte der Doktor. »Nicht weinen. Komm, wir trinken im Speisesaal Tee und bereden alles. Vielleicht war dein Onkel ja die ganze Zeit in Sicherheit. Du weißt doch gar nicht, dass er ertrunken ist, oder? Das ist doch schon etwas. Vielleicht können wir ihn finden. Zuerst trinken wir Tee und essen Brot mit Erdbeermarmelade; und dann sehen wir, was wir tun können.«

Alle Tiere hatten dabeigestanden und sehr neugierig zugehört. Und als sie im Speisesaal des Schiffs Tee tranken, stellte sich Dab-Dab hinter den Stuhl des Doktors und flüsterte: »Sie sollten die Tümmler fragen, ob der Onkel des Jungen ertrunken ist – die werden es wissen.«

»Na schön«, sagte der Doktor und nahm sich ein zweites Marmeladenbrot.

»Was sind das für komische klackende Geräusche, die Sie mit der Zunge machen?«, fragte der Junge.

»Ach, ich hab nur ein paar Worte in der Entensprache gesagt«, antwortete der Doktor. »Das ist Dab-Dab, eins von meinen Haustieren.«

»Ich wusste nicht, dass Enten überhaupt eine Sprache haben«, sagte der Junge. »Sind die anderen auch Ihre Haustiere? Was ist das seltsame Ding da mit den beiden Köpfen?«

»Pst!«, flüsterte der Doktor. »Das ist das Stoßmich-Ziehdich. Lass es nicht merken, dass wir von ihm sprechen – es wird dann so schrecklich verlegen ... Erzähl mir, wie es dazu gekommen ist, dass sie dich in die Rumkammer gesperrt haben.«

»Die Piraten haben mich eingesperrt, als sie losgezogen sind, um ein anderes Schiff auszurauben. Als ich jemand an der Tür herumhacken hörte, hab ich nicht gewusst, wer das sein könnte. Ich war sehr froh, als ich gemerkt hab, dass Sie es waren. Glauben Sie, dass Sie meinen Onkel finden können?«

»Also, wir werden uns alle Mühe geben«, sagte der Doktor. »Wie sieht dein Onkel aus?«

»Er hat rotes Haar«, antwortete der Junge, »feuerrot, und auf einem Arm hat er einen Anker tätowiert. Er ist ein starker Mann, ein guter Onkel und der beste Seemann im südlichen Atlantik. Sein Fischerboot hieß *Die freche Sally* – eine Schaluppe mit Kuttertakelung.«

»Was ist ›Schaluppe mit Kuttertakelung‹?«, flüsterte Göb-Göb, an Jip gewandt.

»Scht! Das ist die Sorte Schiff, die der Mann hatte«, sagte Jip. »Kannst du nicht mal still sein?«

»Ach«, sagte das Schwein, »ist das alles? Ich dachte, es wäre was zu trinken.«

Dann ließ der Doktor den Jungen mit den Tieren im Speisesaal zum Spielen allein und ging an Deck, um nach Tümmlern Ausschau zu halten. Bald kam ein ganzer Schwarm, der auf dem Weg nach Brasilien war, durchs Wasser getanzt und gesprungen. Als sie den Doktor an der Reling seines Schiffs lehnen sahen, kamen sie näher, um zu fragen, wie es ihm ging. Der Doktor fragte sie, ob sie nichts von einem Mann mit roten Haaren und einem auf den Arm tätowierten Anker gesehen hätten.

»Meinen Sie den Kapitän der *frechen Sally*?«, fragten die Tümmler.

»Ja«, sagte der Doktor, »das ist der Mann. Ist er ertrunken?«

»Seine Schaluppe ist versenkt worden«, sagten die Tümmler, »die haben wir auf dem Meeresboden liegen sehen. Aber da war keiner drin; wir sind nämlich hingeschwommen, um nachzusehen.«

»Sein kleiner Neffe ist hier bei mir auf dem Schiff«, sagte der Doktor. »Er hat schreckliche Angst, dass die Piraten seinen Onkel ins Meer geworfen haben. Könnt ihr wohl so gut sein, für mich herauszufinden, ob er wirklich ertrunken ist oder nicht?«

»Ach, ertrunken ist er nicht«, sagten die Tümmler. »Wenn es so wäre, hätten wir es bestimmt von den Tiefsee-Zehnfüßlern gehört. Wir kennen alle Salzwasserneuigkeiten. Die Schalentiere nennen uns die Klatschbasen des Ozeans. Nein – sagen Sie dem kleinen Jungen, dass wir leider nicht wissen, wo sein Onkel steckt; aber wir sind ganz sicher, dass er nicht im Meer ertrunken ist.«

Mit dieser Nachricht lief der Doktor nach unten und erzählte alles dem Neffen, der vor Freude in die Hände klatschte. Und das Stoßmich-Ziehdich nahm den kleinen Jungen auf den Rücken und ließ ihn um den Esstisch herumreiten; alle anderen Tiere folgten ihnen, schlugen mit Löffeln auf die Topfdeckel und taten so, als ob dies eine Parade sei.

18. Kapitel

Gerüche

Vor allem müssen wir deinen Onkel finden«, sagte der Doktor, »jetzt, da wir wissen, dass er nicht ins Meer geworfen wurde.«

Da kam Dab-Dab wieder zu ihm und flüsterte: »Bitten Sie die Adler, nach dem Mann Ausschau zu halten. Kein Lebewesen kann besser sehen als ein Adler. Wenn die meilenweit oben in der Luft sind, können sie die Ameisen zählen, die auf der Erde kriechen. Fragen Sie die Adler.«

Also schickte der Doktor eine der Schwalben, um ein paar Adler zu holen.

Nach etwa einer Stunde kam der kleine Vogel mit sechs verschiedenen Adlersorten zurück: einem Steinadler, einem Weißköpfigen Seeadler, einem Fischadler, einem Goldadler, einem Geierseeadler und einem Weißschwänzigen Seeadler. Jeder von ihnen war zweimal so groß wie der kleine Junge. Und sie standen ernst, still und steif wie aufgereihte breitschultrige Soldaten nebeneinander auf der Reling, wobei ihre großen, glühend schwarzen Augen stechende Blicke hierhin und dahin und überallhin warfen.

Göb-Göb hatte Angst vor ihnen und kroch hinter ein Fass. Es sagte, ihm sei, als ob diese schrecklichen Augen direkt in es hineinblickten, um nachzusehen, was es zum Essen stibitzt hätte.

Und der Doktor sagte zu den Adlern: »Ein Mann ist verloren gegangen – ein Fischer mit roten Haaren und einem Anker auf dem Arm. Ob ihr wohl so freundlich wärt, zu sehen, ob ihr ihn für uns finden könnt? Der Junge hier ist sein Neffe.«

Adler reden nicht sehr viel. Und das ist alles, was sie mit ihren rauen Stimmen antworteten: »Verlassen Sie sich darauf, dass wir unser Bestes tun werden – für John Dolittle.«

Dann flogen sie los, und Göb-Göb kam hinter seinem Fass hervor, um ihnen nachzusehen. Hoch hinauf in die Luft flogen sie – höher und höher und immer noch höher. Dann, als der Doktor sie kaum noch sehen konnte, trennten sie sich und flogen in verschiedene Richtungen – Norden, Osten, Süden und Westen, und sie sahen aus wie winzige schwarze Sandkörner am weiten blauen Himmel.

»Du meine Güte!«, sagte Göb-Göb mit andächtiger Stimme. »Was für eine Höhe! Und dass die sich da oben nicht die Federn versengen, so nah an der Sonne!«

Sie blieben lange weg. Und als sie zurückkamen, war es fast Nacht.

»Wir haben alle Meere und alle Länder und alle Inseln und alle Städte und alle Dörfer in dieser Hälfte der Welt abgesucht«, sagten die Adler. »Aber wir haben nichts erreicht. In der Hauptstraße von Gibraltar haben wir drei rote Haare gesehen, die auf einer Schubkarre vor der Tür eines Bäckers lagen. Aber es waren keine Menschenhaare, sondern Haare von einem Pelzmantel. Nirgends an Land oder auf dem Wasser konnten wir ein Lebenszeichen vom Onkel dieses Jungen sehen. Und wenn wir ihn nicht sehen können, dann ist er nicht zu sehen … Für John Dolittle haben wir unser Bestes getan.«

Dann schlugen die sechs großen Vögel mit ihren großen Flügeln und flogen zurück zu ihren Heimen in den Bergen und Felsen.

»Tja«, sagte Dab-Dab, als sie fort waren, »was machen wir jetzt nur? Der Onkel des Jungen muss gefunden werden, daran ist nicht zu rütteln. Der Bursche ist nicht alt genug, um sich allein durchzuschlagen. Jungen sind ja keine kleinen Enten – man muss für sie sorgen, bis sie ziemlich alt sind … Ich wollte, Tschi-Tschi wäre hier. Er würde den Mann bald finden. Der gute alte Tschi-Tschi! Ich frag mich, wie es ihm wohl geht!«

»Wenn wir nur Polynesia bei uns hätten!«, sagte die weiße Maus. »Der würde bestimmt bald was einfallen. Wisst ihr noch, wie sie uns alle aus dem Gefängnis geholt hat – das zweite Mal? Also, die ist vielleicht gerissen!«

»Ich halte nicht sehr viel von diesen Adlerjungs«, sagte Jip. »Die sind doch bloß eingebildet. Die mögen ja ein scharfes Auge haben und so weiter; aber wenn man sie bittet, jemand zu finden, dann schaffen sie es nicht – und dann sind sie so dreist, zurückzukommen und zu sagen,

dass es außer ihnen keiner kann. Sie sind bloß eingebildet – wie der Collie in Puddleby. Und von den geschwätzigen, ollen Tümmlern halt ich auch nicht viel. Die konnten uns doch nur sagen, dass der Mann nicht im Meer liegt. Wir wollen nicht wissen, wo er nicht ist – wir wollen wissen, wo er ist.«

»Ach, red doch nicht so viel«, sagte Göb-Göb. »Reden ist einfach; es ist aber nicht so einfach, einen Mann zu finden, wenn man in der ganzen Welt nach ihm suchen muss. Vielleicht ist das Haar des Fischers weiß geworden vor Sorge um den Jungen; und darum haben die Adler ihn nicht finden können. Du weißt auch nicht alles. Du redest bloß daher. Du tust nichts, um zu helfen. Du könntest den Onkel des Jungen genauso wenig finden wie die Adler – du könntest es nicht mal so gut wie die.«

»Ach ja?«, sagte der Hund. »Was weißt du denn schon,

du dummes Stück warmer Speck! Ich hab's doch noch gar nicht versucht, oder? Wart's nur ab!«

Dann ging Jip zum Doktor und sagte: »Fragen Sie doch bitte den Jungen, ob er irgendwas in der Tasche hat, was seinem Onkel gehört, ja?«

Also fragte der Doktor ihn. Und der Junge zeigte ihm einen Goldring, den er an einem Faden um den Hals trug, weil er zu groß für seinen Finger war. Er sagte, sein Onkel hätte ihm den gegeben, als sie die Piraten kommen sahen.

Jip roch am Ring und sagte: »Der nützt nichts. Fragen Sie ihn, ob er sonst noch etwas hat, was seinem Onkel gehört.«

Da zog der Junge aus der Tasche ein großes, dickes, rotes Taschentuch und sagte: »Das gehört auch meinem Onkel.«

Sobald der Junge es hervorzog, rief Jip: »Schnupftabak, bei Zeus! – Grober schwarzer Schnupftabak. Riecht ihr das nicht? Sein Onkel hat geschnupft. – Fragen Sie ihn nur, Doktor.«

Der Doktor fragte den Jungen wieder, und der sagte: »Ja. Mein Onkel hat viel geschnupft.«

»Sehr gut!«, sagte Jip. »Der Mann ist so gut wie gefunden. Das wird so leicht sein, wie einem Kätzchen die Milch zu klauen. Sagen Sie dem Jungen, dass ich seinen Onkel in weniger als einer Woche finden werde. Gehen wir nach oben, um zu sehen, woher der Wind weht.«

»Aber es ist jetzt dunkel«, sagte der Doktor. »Im Dunkeln kannst du ihn doch nicht finden!«

»Ich brauche kein Licht, um einen Mann zu finden, der nach grobem schwarzem Schnupftabak riecht«, sagte Jip, als er die Treppe hinaufging. »Wenn der Mann einen schwierigen Geruch hätte, wie Bindfaden etwa – oder heißes Wasser, dann sähe es anders aus. Aber Schnupftabak – ts, ts!«

»Hat heißes Wasser einen besonderen Geruch?«, fragte der Doktor.

»Aber klar«, sagte Jip. »Heißes Wasser riecht ganz anders als kaltes Wasser. Richtig schwierig wird es mit dem Geruch von warmem Wasser oder Eis. Ich bin mal einem Mann gefolgt, zehn Meilen in stockdunkler Nacht, bloß nach dem Geruch des heißen Wassers, mit dem er sich rasiert hatte – der arme Kerl hatte nämlich keine Seife ... Also, mal sehen, woher der Wind weht. Wind ist sehr wichtig beim Langstrecken-Riechen. Zu stark darf er nicht sein – und natürlich muss er aus der richtigen Richtung kommen. Am allerbesten ist so eine nette, stetige, feuchte Brise ... Ha! – Dieser Wind kommt aus Norden!«

Dann ging Jip ganz nach vorn und schnupperte in den Wind; und er fing an, vor sich hin zu murmeln: »Teer; spanische Zwiebeln; Petroleum; nasse Regenmäntel; zerdrückte Lorbeerblätter; brennender Gummi; Spitzengardinen, die gewaschen werden – nein, stimmt nicht, Spitzengardinen, die zum Trocknen aufgehängt sind, und Füchse – zu Hunderten –, junge Füchse, und –«

»Kannst du wirklich all die verschiedenen Dinge aus dem einen Wind herausriechen?«, fragte der Doktor.

»Aber natürlich!«, sagte Jip. »Und das sind nur ein paar von den leichten Gerüchen – den kräftigen. Die könnte doch jeder Straßenköter noch mit Schnupfen erkennen. Warten Sie mal, dann nenn ich Ihnen ein paar von den schwierigeren Gerüchen, die dieser Wind mitbringt – ein paar ganz feine.«

Dann schloss der Hund fest die Augen, reckte die Nase hoch in die Luft und schnüffelte angestrengt mit halb offener Schnauze.

Lange Zeit sagte er gar nichts. Er stand stocksteif da. Er schien kaum zu atmen. Als er endlich zu sprechen anfing, klang es fast, als sänge er traurig im Traum.

»Ziegelsteine«, flüsterte er ganz leise, »alte gelbe Ziegel in einer Gartenmauer, vom Alter schon ganz brüchig; der süße Atem junger Kühe, die in einem Gebirgsbach stehen; das Bleidach auf einem Taubenschlag – oder vielleicht einem Kornspeicher – in der Mittagssonne; schwarze Glacéhandschuhe in einer Schreibtischschublade aus Nussbaum; eine staubige Straße mit einer Pferdetränke unter Platanen; kleine Pilze, die aus morschem Laub ragen …«

»Keine Rüben?«, fragte Göb-Göb.

»Nein«, sagte Jip. »Du denkst immer nur ans Essen. Nirgends Rüben. Und kein Schnupftabak – jede Menge Pfeifen und Zigaretten, und ein paar Zigarren. Aber kein Schnupftabak. Wir müssen warten, bis der Wind von Süden kommt.«

»Also, das ist ja wohl ein armseliger Wind«, sagte Göb-Göb. »Ich glaube, du bist ein Schwindler, Jip. Wer hat je gehört, dass man einen Mann mitten im Ozean allein durch den Geruch finden kann! Ich hab doch gesagt, dass du es nicht kannst.«

»Pass mal auf«, sagte Jip; er wurde wirklich ärgerlich. »Ich beiß dir gleich in die Nase! Bild dir nur nicht ein, dass du so frech sein kannst, wie du willst, bloß weil der Doktor nicht zulässt, dass du von uns kriegst, was du verdient hättest!«

»Hört auf zu zanken!«, sagte der Doktor. »Schluss damit! Das Leben ist zu kurz dafür. Sag mir, Jip, was meinst du, woher diese Gerüche kommen?«

»Aus Devon und Wales – die meisten«, sagte Jip, »der Wind kommt von da.«

»Tja, tja, tja«, sagte der Doktor. »Das ist wirklich bemerkenswert – sehr bemerkenswert. Ich muss das für mein neues Buch aufschreiben. Ich frage mich, ob du mir wohl beibringen könntest, auch so gut zu riechen ... Aber nein, vielleicht ist es besser, wenn ich bleibe, wie ich bin. ›Genug ist genug, mehr wäre weniger‹, sagt man. Lasst uns zum Abendessen hinuntergehen. Ich bin sehr hungrig.«

»Ich auch«, sagte Göb-Göb.

19. Kapitel

Der Felsen

Und als sie am nächsten Morgen früh aus den seidenen Betten aufstanden, sahen sie, dass die Sonne hell schien und der Wind aus Süden wehte.

Jip schnupperte eine halbe Stunde am Wind. Dann kam er zum Doktor und schüttelte den Kopf.

»Ich rieche bis jetzt keinen Schnupftabak«, sagte er. »Wir müssen warten, bis der Wind aus dem Osten kommt.«

Aber selbst als um drei Uhr nachmittags Ostwind kam, konnte der Hund keinen Geruch von Schnupftabak feststellen.

Der kleine Junge war schrecklich enttäuscht, begann wieder zu weinen und sagte, dass wohl keiner imstande wäre, seinen Onkel zu finden. Aber Jip sagte zum Doktor nur: »Sobald der Wind sich dreht und aus dem Westen kommt, finde ich seinen Onkel, und wenn er auch in China ist – solange er noch immer groben schwarzen Tabak schnupft.«

Drei Tage mussten sie warten, bis Westwind kam. Das war früh an einem Freitagmorgen – als es eben erst hell wurde. Feiner Regendunst lag über dem Meer wie ein dünner Nebel. Und der Wind war sanft und warm und feucht.

Sobald Jip aufgewacht war, lief er nach oben und reckte die Nase in die Luft. Dann wurde er fürchterlich aufgeregt und rannte wieder nach unten, um den Doktor zu wecken.

»Doktor!«, rief er. »Ich hab's! Doktor! Doktor! Aufwachen! Hören Sie! Ich hab's! Der Wind kommt von Westen und riecht überhaupt nur nach Schnupftabak. Kommen Sie herauf, und machen Sie das Schiff klar – schnell!«

Da plumpste der Doktor aus dem Bett und ging ans Ruder, um das Schiff zu steuern.

»Ich geh jetzt nach vorn«, sagte Jip, »und Sie beobachten meine Nase – wohin ich sie drehe, dahin lenken Sie das Schiff. Der Mann kann nicht weit weg sein – bei so einem starken Geruch. Und der Wind ist schön feucht. Jetzt behalten Sie mich im Auge!«

So stand Jip den ganzen Morgen am Bug, schnupperte am Wind und zeigte dem Doktor, wohin er steuern sollte; während alle Tiere und der kleine Junge mit großen Augen danebenstanden und voll Staunen dem Hund zusahen.

Gegen Mittag bat Jip Dab-Dab, dem Doktor zu sagen, er sei besorgt und wolle mit ihm sprechen. Da ging Dab-Dab los, um den Doktor vom andern Ende des Schiffs zu holen, und Jip sagte zu ihm: »Der Onkel des Jungen verhungert. Wir müssen so schnell segeln wie möglich.«

»Woher weißt du das?«, fragte der Doktor.

»Weil aus dem Westen kein anderer Geruch kommt als der von Schnupftabak«, sagte Jip. »Wenn der Mann irgendetwas kochen oder essen würde, müsste ich es riechen. Aber er hat nicht einmal Süßwasser zum Trinken. Alles, was er zu sich nimmt, ist Schnupftabak – in großen Prisen. Wir kommen ihm immer näher; der Geruch wird von Minute zu Minute stärker. Aber lassen Sie das Schiff so schnell wie möglich fahren; ich bin nämlich sicher, dass der Mann bald verhungert.«

»In Ordnung«, sagte der Doktor und schickte Dab-Dab aus, um die Schwalben zu bitten, das Schiff zu ziehen, wie sie es getan hatten, als die Piraten sie jagten.

Also kamen die braven kleinen Vögel herab und schirrten sich noch einmal vor das Schiff.

Und nun sauste es mit einem tollen Tempo durch die Wogen. Es fuhr so schnell, dass die Fische im Meer um ihr Leben springen mussten, um aus dem Weg zu gelangen und nicht überfahren zu werden.

Und alle Tiere waren furchtbar aufgeregt; sie hörten auf, Jip zu beobachten, und sahen hinaus aufs Meer, um das Land oder die Insel zu suchen, auf der der Verhungernde sein konnte.

Aber Stunde um Stunde verging, und immer noch schoss das Schiff vorwärts über das gleiche glatte Meer, und nirgends kam Land in Sicht.

Da hörten die Tiere mit Plaudern auf und saßen still, ängstlich und bedrückt herum. Der kleine Junge wurde wieder traurig. Und auf Jips Gesicht lag ein besorgter Ausdruck.

Endlich, am späten Nachmittag, als die Sonne eben zu sinken begann, schreckte die Eule Tuh-Tuh, die auf der höchsten Mastspitze hockte, sie plötzlich alle auf, als sie aus vollem Halse schrie: »Jip! Jip! Ich sehe einen großen Felsen vor uns – sieh mal – da drüben, wo Himmel und Wasser zusammenstoßen. Siehst du die Sonne darauf glänzen – wie Gold! Kommt der Geruch von da?«

Und Jip rief zurück: »Ja. Da ist es. Da ist der Mann. Endlich! Endlich!«

Als sie näher herankamen, konnten sie sehen, dass der Felsen sehr groß war – so breit wie ein großes Feld. Es wuchsen keine Bäume darauf, kein Gras – nichts. Der große Felsen war glatt und kahl wie der Rücken einer Schildkröte.

Dann steuerte der Doktor das Schiff einmal rund um den Felsen. Aber nirgends konnte man darauf einen Mann sehen. Alle Tiere rissen die Augen auf und guckten, so scharf sie nur konnten, und John Dolittle holte ein Fernrohr herauf.

Aber sie konnten kein Lebewesen sehen – nicht einmal eine Möwe oder einen Seestern oder einen Fetzen Seetang.

Alle standen still und lauschten angestrengt nach dem geringsten Laut. Aber das einzige Geräusch, das sie hörten, war das sanfte Schwappen der kleinen Wellen gegen die Seitenwände ihres Schiffs.

Dann begannen sie alle »Hallo! Hallo!« zu schreien, bis ihre Stimmen heiser waren. Aber nur das Echo kam vom Felsen zurück.

Und der kleine Junge brach in Tränen aus und sagte: »Ich fürchte, ich sehe meinen Onkel nie mehr wieder! Was soll ich nur sagen, wenn ich nach Hause komme?«

Aber Jip rief dem Doktor zu: »Er muss da sein – er muss – er muss! Der Geruch endet hier. Er muss da sein, sage ich Ihnen! Fahren Sie das Schiff dicht heran und lassen Sie mich auf den Felsen springen.«

Da brachte der Doktor das Schiff so nah wie möglich ans Ufer und ließ den Anker fallen. Dann sprangen er und Jip aus dem Schiff auf den Felsen.

Jip senkte sofort die Nase auf den Boden und begann, überall herumzulaufen. Auf und ab ging er, vor und zurück – im Zickzack, in Schlangenlinien, in Kurven und Windungen. Und wohin er auch ging, immer rannte der Doktor hinter ihm her und blieb ihm auf den Fersen, bis er ganz außer Atem war.

Endlich stieß Jip ein lautes Bellen aus und setzte sich.

Und als der Doktor zu ihm gelaufen kam, sah er, wie der Hund in ein großes tiefes Loch mitten im Felsen starrte.

»Der Onkel des Jungen ist da unten«, sagte Jip ruhig. »Kein Wunder, dass diese dusseligen Adler ihn nicht sehen konnten! Nur ein Hund kann einen Menschen finden.«

Da stieg der Doktor ins Loch hinunter, das eine Höhle zu sein schien oder ein Tunnel, der sich weit unter die Erde erstreckte. Er zündete ein Streichholz an und ging in den dunklen Gang und Jip folgte ihm.

Das Streichholz ging bald aus, und der Doktor musste ein neues und noch eins und noch eins und noch eins anzünden.

Schließlich war der Gang zu Ende und der Doktor befand sich in einem kleinen Raum mit Wänden aus Fels.

Und da, in der Mitte des Raumes, den Kopf auf den Armen, lag ein Mann mit feuerrotem Haar – und schlief fest.

Jip ging näher und schnupperte an etwas, was neben ihm auf dem Boden lag. Der Doktor bückte sich und hob es auf. Es war eine riesige Schnupftabaksdose. Und sie war voll von grobem schwarzem Schnupftabak!

20. Kapitel

Die Heimat des Fischers

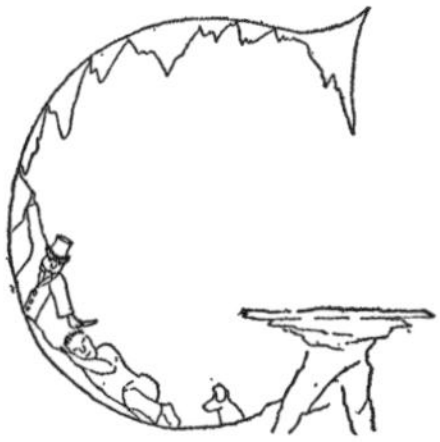

Ganz, ganz sanft weckte der Doktor den Mann auf.

Aber genau in diesem Moment erlosch das Streichholz wieder. Und der Mann hielt den Doktor für Ben Ali, der zurückgekommen war, und schlug im Dunkeln nach ihm.

Aber als John Dolittle ihm sagte, wer er war und dass sein kleiner Neffe auf dem Schiff in Sicherheit war, freute sich der Mann sehr und sagte, es tue ihm leid, mit dem Doktor gekämpft zu haben. Er hatte ihm aber nicht sehr wehgetan – es war ja zu dunkel, um richtig zu treffen. Dann gab er dem Doktor eine Prise Schnupftabak.

Und danach erzählte der Mann, wie der Drache der Barbarei ihn auf diesen Felsen gebracht und zurückgelassen hatte, als er nicht versprechen wollte, Pirat zu werden; und wie er immer hier unten in dem Loch geschlafen hatte, weil es auf dem Felsen kein Haus gab, wo er sich hätte wärmen können.

Und dann sagte er: »Seit vier Tagen hab ich nichts gegessen und getrunken. Ich habe von Schnupftabak gelebt.«

»Sehen Sie!«, sagte Jip. »Hab ich's Ihnen nicht gesagt?«

Dann zündeten sie noch ein paar Streichhölzer an und gingen zurück ans Tageslicht; und der Doktor brachte den Mann schnell zum Schiff, damit er etwas Suppe bekam.

Als die Tiere und der kleine Junge den Doktor und Jip mit einem rothaarigen Mann zum Schiff zurückkommen sahen, begannen sie, zu jubeln und zu johlen und auf dem Schiff herumzutanzen. Und die Schwalben oben in der Luft – all die Tausende und Millionen – pfiffen, so laut sie konnten, um zu zeigen, dass auch sie froh waren, dass man den tapferen Onkel des Jungen gefunden hatte. Der Lärm, den sie machten, war so groß, dass die Seeleute weit draußen auf dem Meer dachten, ein schrecklicher Sturm zöge herauf. »Hört bloß, wie der Wind im Westen heult!«, sagten sie.

Und Jip war schrecklich stolz, obwohl er sich große Mühe gab, nicht eingebildet dreinzublicken. Als Dab-Dab zu ihm kam und sagte: »Jip, ich wusste ja gar nicht, dass du so klug bist!«, warf er bloß den Kopf hoch und antwortete: »Ach, das ist nichts Besonderes. Aber nur ein Hund kann einen Menschen finden, weißt du. Vögel taugen für so was nicht.«

Dann fragte der Doktor den rothaarigen Mann, wo er zu Hause war. Und als er es ihm gesagt hatte, bat der Doktor die Schwalben, das Schiff zuerst dorthin zu führen.

Als sie zu dem Land gekommen waren, von dem der Mann gesprochen hatte, sahen sie eine kleine Fischerstadt zu Füßen eines felsigen Berges liegen; und der Mann zeigte ihnen das Haus, in dem er wohnte.

Und als sie den Anker fallen ließen, kam die Mutter des kleinen Jungen, die außerdem die Schwester des Mannes war, ihnen den Strand herab entgegengelaufen; sie lachte und weinte zugleich. Zwanzig Tage lang hatte sie auf einem Hügel gesessen, auf das Meer hinausgeschaut und auf die Rückkehr der beiden gewartet.

Und sie küsste den Doktor viele Male, sodass er kicherte und rot wurde wie ein Schulmädchen. Sie versuchte auch, Jip zu küssen, aber der rannte weg und versteckte sich im Schiff.

»Blöde Sitte, diese Küsserei«, sagte er. »Ich halte nichts davon. Soll sie Göb-Göb küssen, wenn sie unbedingt etwas küssen will.«

Der Fischer und seine Schwester wollten den Doktor nicht gleich wieder abreisen lassen. Sie baten ihn, ein paar Tage bei ihnen zu bleiben. Deshalb mussten John Dolittle und seine Tiere einen ganzen Samstag und Sonntag und den halben Montag in ihrem Haus verbringen.

Und alle kleinen Jungen des Fischerdorfs gingen zum Strand hinunter, zeigten auf das große Schiff, das da vor Anker lag, und flüsterten einander zu: »Seht bloß! Das war ein Piratenschiff – das Schiff von Ben Ali, dem furchtbarsten Seeräuber, der je auf den sieben Meeren gefahren ist! Der alte Herr mit dem Zylinder, der bei Frau Trevelyan wohnt, hat dem Drachen der Barbarei das Schiff abgenommen und einen Bauern aus ihm gemacht. Wer hätte das von ihm gedacht, wo er doch so freundlich aussieht, und überhaupt! ... Seht euch die großen roten Segel an! Sieht es nicht böse aus – und schnell? Hei!«

In den ganzen zweieinhalb Tagen, die der Doktor in dem Fischerstädtchen blieb, luden ihn die Leute pausenlos zum Tee und zum Mittag und zum Abendessen und zu Partys ein; alle Damen schickten ihm Schachteln mit Blumen und Süßigkeiten; und die Musikkapelle des Dorfs spielte jeden Abend unter seinem Fenster.

Schließlich sagte der Doktor: »Liebe Leute, ich muss jetzt nach Hause fahren. Sie waren wirklich überaus freundlich zu mir. Ich werde es nie vergessen. Aber ich muss heimfahren, ich habe nämlich einiges zu erledigen.«

Gerade als der Doktor die Stadt verlassen wollte, kamen der Bürgermeister und viele andere Leute, alle fein herausgeputzt, die Straße herunter. Und der Bürgermeister blieb vor dem Haus stehen, in dem der Doktor zu Besuch war; und das ganze Dorf versammelte sich, um zu sehen, was da los war.

Nachdem sechs Pagen auf glänzenden Trompeten geblasen hatten, damit die Leute aufhörten zu reden, trat der Doktor auf die Schwelle, und der Bürgermeister sprach.

»Doktor John Dolittle«, sagte er, »es ist mir ein großes Vergnügen, dem Mann, der das Meer vom Drachen der Barbarei befreit hat, dieses kleine Zeichen der Dankbarkeit unserer ehrenwerten Stadt zu überreichen.«

Und der Bürgermeister zog ein kleines, in Seidenpapier gewickeltes Paket aus der Tasche, machte es auf und überreichte dem Doktor eine ganz wunderbare Uhr mit echten Diamanten auf der Rückseite.

Dann zog der Bürgermeister ein noch größeres Paket aus der Tasche und sagte: »Wo ist der Hund?«

Da fingen sie alle an, nach Jip zu suchen. Endlich fand Dab-Dab ihn auf der anderen Seite des Dorfs in einem Hof zwischen Ställen, wo alle Hunde der Gegend sprachlos vor Bewunderung und Hochachtung um ihn herumstanden.

Als Jip an der Seite des Doktors stand, öffnete der Bürgermeister das größere Paket, und darin lag ein Hundehalsband aus massivem Gold! Ein lautes Murmeln des Staunens erhob sich unter den Dorfleuten, als der Bürgermeister sich bückte und es dem Hund eigenhändig um den Hals legte.

Denn auf dem Halsband stand in großen Buchstaben geschrieben: »Jip – der klügste Hund der Welt«.

Dann begab sich die ganze Versammlung hinab zum Strand, um den Doktor und seine Tiere zu verabschieden. Und nachdem der rothaarige Fischer und seine Schwester und der kleine Junge dem Doktor und seinem Hund immer und immer wieder gedankt hatten, wurde das große schnelle Schiff mit den roten Segeln wieder auf Puddleby gerichtet, und sie segelten auf das Meer hinaus, während die Dorfkapelle am Strand musizierte.

21. Kapitel

Wieder zu Hause

Märzwinde waren gekommen und gegangen; Aprilschauer waren vorbei; Maiknospen hatten sich zu Blüten geöffnet; und die Junisonne schien auf die freundlichen Felder, als John Dolittle endlich wieder heimkehrte. Aber er ging nicht gleich nach Puddleby zurück. Zuerst reiste er mit dem Stoßmich-Ziehdich in einem Zigeunerwagen durchs Land und machte auf allen Jahrmärkten halt. Dort, mit Akrobaten auf der einen und dem Kasperletheater auf der anderen Seite, hängten sie immer ein großes Schild aus, auf dem stand: »Kommt und seht das wunderbare, zweiköpfige Tier aus dem Dschungel Afrikas. Eintritt: sechs Pennys.«

Das Stoßmich-Ziehdich blieb im Innern des Wagens, während die anderen Tiere meistens darunter lagen. Der Doktor saß auf einem Stuhl davor, nahm das Geld entgegen und lächelte den Leuten zu, die hineingingen; und Dab-Dab musste immer mit ihm schimpfen, weil er, wenn sie nicht hinsah, die Kinder umsonst hereinließ.

Menageriebesitzer und Zirkusleute kamen und baten den Doktor, ihnen das seltsame Geschöpf zu verkaufen;

sie sagten, sie würden furchtbar viel Geld dafür bezahlen. Aber der Doktor schüttelte immer den Kopf und sagte: »Nein. Das Stoßmich-Ziehdich soll nie in einen Käfig gesperrt werden. Es soll immer kommen und gehen können, wie es mag, genau wie Sie und ich.«

Viel Merkwürdiges sahen sie während dieses Wanderlebens; aber es schien ihnen alles ganz gewöhnlich nach den großen Dingen, die sie in fremden Ländern gesehen und getan hatten. Zuerst war es sehr interessant, Teil einer Art von Zirkus zu sein, aber nach ein paar Wochen hatten sie es satt, und der Doktor und alle Tiere sehnten sich nach Hause.

So viele Leute kamen zu dem kleinen Wagen und bezahlten sechs Pennys, um drinnen das Stoßmich-Ziehdich anzusehen, dass es dem Doktor bald möglich war, das Schaustellerleben aufzugeben.

Und eines schönen Tages, als die Stockrosen in voller Blüte standen, kehrte er als reicher Mann nach Puddleby zurück, um wieder in dem kleinen Haus mit dem großen Garten zu wohnen.

Das alte lahme Pferd im Stall freute sich, ihn wiederzusehen, und ebenso die Schwalben, die schon ihre Nester unter den Dachrinnen gebaut und Junge bekommen hatten. Auch Dab-Dab war froh, wieder in dem Haus zu sein, das sie so gut kannte, obwohl schrecklich viel Staub gewischt werden musste und überall Spinnweben hingen.

Und nachdem Jip zum hochmütigen Collie des Nachbarn gegangen war, um ihm sein goldenes Halsband zu zeigen, kam er zurück und rannte wie toll durch den Garten, suchte Knochen, die er vor langer Zeit vergraben hatte, und jagte die Ratten aus dem Geräteschuppen.

Inzwischen grub Göb-Göb den Meerrettich aus, der in der Ecke an der Gartenmauer drei Fuß hoch geworden war.

Und der Doktor ging los und suchte den Seemann auf, der ihm das Boot geliehen hatte, und kaufte ihm zwei neue Schiffe und eine Puppe für sein kleines Kind; und er bezahlte dem Kaufmann die Lebensmittel, die der ihm für die Reise nach Afrika geliehen hatte. Und er kaufte ein neues Klavier und brachte die weißen Mäuse darin unter – sie sagten nämlich, es zöge in der Schreibtischschublade.

Selbst als der Doktor die alte Sparbüchse im Küchenschrank gefüllt hatte, blieb ihm noch eine Menge Geld übrig; und er musste noch drei ebenso große Sparbüchsen kaufen, um den Rest unterzubringen.

»Geld«, sagte er, »ist furchtbar lästig. Aber es ist schön, sich nicht darum sorgen zu müssen.«

»Ja«, sagte Dab-Dab, die ihm süße Brötchen zum Tee röstete, »das ist wohl wahr!«

Und als es wieder Winter wurde und Schneeflocken ans Küchenfenster flogen, saßen der Doktor und seine Tiere nach dem Abendessen meistens um den großen, warmen Herd, und dann las er ihnen aus seinen Büchern vor.

Aber weit weg, in Afrika, wo die Affen in den Palmen plapperten, ehe sie unter dem großen gelben Mond schlafen gingen, sagten sie oft zueinander: »Ich frage mich, was der gute Mann jetzt wohl macht – drüben, im Land der weißen Menschen! Meint ihr, er kommt je zurück?«

Und Polynesia kreischte aus den Ranken: »Vielleicht kommt er – möglicherweise kommt er – hoffentlich kommt er!«

Und dann knurrte das Krokodil sie aus dem schwarzen Flussschlamm herauf an: »Bestimmt kommt er – geht schlafen.«

Nachwort

»Dr. Dolittle und seine Tiere« von Hugh Lofting ist ein gutes Kinderbuch – auch für Erwachsene.

Wenn ein Buch Tiere sprechen lässt, so gibt es dafür nur ein Kriterium: ob man's glaubt. Diesem Dolittle-Bericht glaubt man nach der zweiten Seite alles – es »hat« den Leser sofort, und selbstverständlich sprechen Dab-Dab, die Ente, Jip, der Hund, Göb-Göb, das Ferkel, Polynesia, der Papagei, und die Eule Tuh-Tuh. Sie sind bei dem Doktor Dolittle, dem kleinen Landarzt, in Behandlung, es ist so eine Art Tier-Sanatorium, das sich der Mann da aufgebaut hat, und langsam verscheucht er sich die menschliche Kundschaft. Und als er nun nichts mehr zu essen hat, ernähren ihn die Tiere, und sein Ruf breitet sich aus, und die Affen aus Afrika rufen ihn, denn sie haben die große Affenkrankheit, und er zieht mit seinen Tieren dorthin, erlebt, was es zu erleben gibt, und kehrt wieder heim. Eine ganze kleine Welt von Güte ist in diesem Buch. [...]

In dem Buch sind viele Zeichnungen, und die hat der Verfasser selbst gemacht. [...]

Auch in diesen Zeichnungen ist die Beobachterfreude: Güte. Woher rührt sie?

Der Verfasser hat diese kleinen Märchen als Brieferzählungen seinen Kindern nach Hause geschrieben – denn er war nicht zu Hause. Er war an der Front, da, wo geschlachtet wurde. Und es war wohl die letzte Ecke, in die damals das Gefühl eines anständigen Menschen flüchten konnte: in die Natur – im tiefen Bewusstsein, dass gegenseitige Hilfe ein ebenso primärer Zug in dieser Natur ist wie der Drang, den Nachbarn aufzufressen. Und so entstand dieses Buch in seiner fast biblischen Einfachheit und Herzlichkeit.

Ich sah Lofting in Paris, in einer stillen Abendstunde. Er zündete die kleine Lampe in dem großen kahlen Atelierraum an, in dem er gerade an einem neuen Dolittle arbeitete […], er sprach leise und war freundlich. Und es ist wohl seinem Wesen gemäß, wenn er diesen Satz »Wie ich dazu kam, den Dr. Dolittle zu schreiben« gesetzt hat: »Etwas aber erzwang sich mehr und mehr meine Aufmerksamkeit: die Rolle der Tiere im Weltkrieg, wo sie gleich den Menschen mit der Zeit Fatalisten zu werden schienen … Aber ihr Schicksal war anders als das der Menschen.«

Ja, es war anders, Hugh Lofting. Es war noch schwerer. Doch war es auch wiederum gleich: Beide wurden von ihren Besitzern in den qualvollen Tod geschickt, sie verstanden den Schmerz nicht, und ihr verlöschendes Auge fragte: Warum? Sie setzen hinzu, Hugh Lofting, was die Qual der Tiere betrifft: »Das schien mir nicht ganz gerecht zu sein.« Nein, ganz gerecht war es nicht. Es war die größte Schmutzerei der Menschheit.

Dolittles Tiere aber sollten viele Kinder erfreuen.

Kurt Tucholsky als Peter Panter (1925)

Hugh Lofting wurde 1886 in Maidenhead in England geboren. Nach seinem Studium in England und den USA ließ er sich 1912 in den USA nieder, wo er als freier Schriftsteller für verschiedene Zeitschriften arbeitete. Im Ersten Weltkrieg kämpfte er als Soldat in Frankreich und Flandern. Dort schuf er in Briefen an seine Kinder die Gestalt des Doktor Dolittle, die ihn weltberühmt machen sollte. Aus der Bearbeitung dieser Briefe entstand bereits 1920 sein erstes, von ihm selbst illustriertes Kinderbuch *The Story of Doctor Dolittle*, dem noch eine Vielzahl von Dolittle-Abenteuern folgten. Lofting starb 1947 in Santa Monica in Kalifornien.